LES HOMMES GIROUETTES,

DEPUIS LA CRÉATION D'ADAM JUSQU'A PRÉSENT,

ET

PRÉCIS HISTORIQUE

DE LA VIE PRIVÉE DES FRANÇAIS.

*

Nota. Cet ouvrage devait paraître au commencement de novembre 1831. Des événemens indépendans de la volonté de l'auteur l'ont empêché d'y mettre la dernière main ; mais il est toujours tems de faire une bonne action.

LES HOMMES GIROUETTES,

DEPUIS LA CRÉATION D'ADAM JUSQU'A PRÉSENT,

ET

PRÉCIS HISTORIQUE

DE LA VIE PRIVÉE DES FRANÇAIS;

OUVRAGE

EXTRAIT EN PARTIE DES MEILLEURS AUTEURS, MÊLÉ DE POÉSIES ET DE RÉFLEXIONS RELATIVES AU TEMS ACTUEL,

DÉDIÉ AUX DAMES ET DEMOISELLES DE METZ,

PAR UN MESSIN PHILANTROPE,

Auteur de nombre d'Opuscules et de Mémoires sur le bien public.

AU PROFIT

DES OUVRIERS LABORIEUX QUI SONT SANS OUVRAGE.

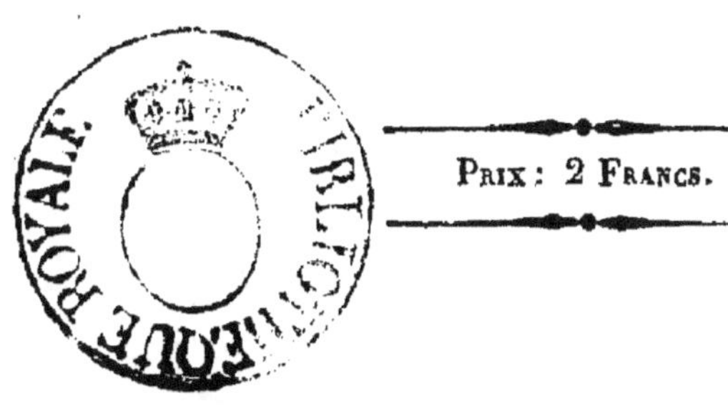
BIBLIOTHÈQUE ROYALE

PRIX : 2 FRANCS.

A METZ,

CHEZ VERRONNAIS, IMPRIMEUR-LIBRAIRE,

ÉDITEUR DES *BUCOLIQUES MESSINES*, ET AUTRES OPUSCULES

DU MÊME AUTEUR,

RUE DES JARDINS, N.° 14.

1832.

ÉPITRE

AUX OUVRIERS LABORIEUX.

Nous écrivons pour vous, hommes laborieux,
Qui, pendant les hivers, vous trouvez sans ouvrage;
Puissent nos doux loisirs vous être fructueux !
Nous bénirons le ciel s'ils ont cet avantage.

Autant nous vous aimons, autant nous méprisons
Ces êtres fainéans, d'une santé parfaite,
Qui préféreraient tous languir dans les prisons,
Au lieu de travailler dans leur humble retraite;

Il leur paraît plus doux de courir mendier,
D'aller baguenauder, de jurer, de se plaindre
De tous les magistrats dont ils n'ont rien à craindre,
De demander du pain, et surtout de crier.

Ils s'en prendraient à Dieu d'être nés sans fortune,
Et chacun d'eux voudrait être l'égal du roi :
En vain contre les grands ils ont de la rancune;
Nous ne sommes égaux qu'aux yeux seuls de la loi.

Le hasard a tout fait, et rien ne nous dispense
De travailler pour vivre et pour se bien porter :
L'homme oisif s'ennuie et meurt dans l'indolence,
Eût-il un gros trésor, il n'en peut profiter.

Paisibles Citoyens, dont la conduite sage
Prouve le bon esprit et les bons sentimens,
Ne vous rebutez pas, et prenez tous courage,
Nous vous soulagerons, croyez-en nos sermens.

ÉPITRE

AUX DAMES ET DEMOISELLES MESSINES.

Aimables et bonnes Messines,
Qui rivalisés de beauté,
Daignez sourire avec bonté
A nos girouettes badines.

Dans l'espoir de vous amuser,
Surtout dans celui de vous plaire,
Et même aussi pour nous distraire,
Il fallut les analyser.

Dans tous les états de la vie,
Chez les bons et chez les méchans,
On peut en voir dans tous les tems
Tour à tour se porter envie.

Ainsi de désirs en désirs,
Toujours séduits par l'espérance,
Entraînés par notre inconstance,
Nous voulons de nouveaux plaisirs.

Nous voulons d'autres jouissances
Que celles dont nous jouissons,
Et par là nous nous punissons
De nos torts, de nos imprudences.

Il faudrait, pour nous changer tous,
Refondre la nature humaine;
Mais on perdrait son temps, sa peine :
Tâchons donc d'être les moins fous.

CHANSONNETTE

AUX MÊMES.

Air : *Femmes, voulez-vous éprouver*, etc.

Si vous voulez vous amuser,
Sensibles et tendres Messines,
Chez l'Imprimeur allez causer
De nos Girouettes lutines ;
N'en sortez pas sans vous munir
D'un livre qui pourra vous plaire ;
Le vrai moyen d'en discourir,
C'est d'en payer un exemplaire.　　　　*bis.*

On peut d'un ruban se passer
Pour posséder nos Girouettes,
Et pour les voir tourner, danser
Ainsi que des marionnettes :
Selon le temps et la saison,
Elles sont plus ou moins changeantes,
Et l'on devine la raison
Qui les rend toujours inconstantes.　　　　*bis.*

C'est plaisir de les voir sauter,
En tous sens faire des gambades ;
Il semble qu'on les voit trotter
Ainsi que des peuples nomades ;
Le panorama le plus beau,
Dont l'effet vous paraît magique,
N'égale pas notre tableau
Si naturel et si comique.　　　　*bis.*

Digne moitié du genre humain,
O vous qui faites ses délices !
Si vous aimez votre prochain,
Faites pour lui des sacrifices.
Aux ouvriers laborieux
Montrez-vous toutes bienfaisantes ;
Les secourir est glorieux
Pour des âmes compatissantes. *bis.*

AVANT-PROPOS.

Adam et Ève furent les premières Girouettes du genre humain, Dieu les plaça au Paradis terrestre ; mais tout beau, tout agréable qu'était ce séjour de délices, ils s'ennuyèrent sans doute d'être là comme des statues ; et bientôt, après s'être bien regardés et analysés, ils s'approchèrent l'un de l'autre, et s'amusèrent à faire des petites Girouettes parlantes, qui ne tardèrent pas à imiter leurs auteurs en faisant d'autres Girouettes qui se propagèrent jusqu'à nos jours, et se renouvelleront probablement jusqu'à la fin des siècles.

Ce début de nos premiers parens prouve que, dès l'origine du monde, les hommes ont toujours agi comme des Girouettes, et que tous sont nés inconstans, désireux de s'élever, de posséder, et de n'être jamais contens de leur sort.

LES
HOMMES
GIROUETTES.

DISCOURS.

De même que les girouettes que l'on voit sur les châteaux et qui tournent à tous vents, de même aussi les saisons changent, et jamais une année ne ressemble à celle qui est passée. Parmi les hommes, c'est la même chose, si ce n'est pis.

Les amis, les parens, les ambitieux, les bons et les méchans, partout on ne voit que des girouettes : on en a vu de tous temps, mais jamais autant que depuis quarante ans, et tous les jours on en est la dupe : ce sont de vrais caméléons qui changent de couleur à volonté; on ne peut s'en garer : on les jetterait par la fenêtre, qu'ils remonteraient par l'escalier.

C'est surtout quand le temps est à la tempête qu'on les voit se tourner, se remuer comme des taupes qui ont perdu leur trou; fins comme des renards, ils attraperaient le diable qui est bien rusé : comment se défier de pareilles gens ? on les tueraient qu'ils se regimberaient encore ; mais ils font tant de pas, tant de gambades , qu'ils arrivent où le soleil luit, et profitent des dépouilles de ceux que l'orage a culbutés ; c'est l'effet du mouvement qu'ils ont donné à la masse pour l'ébranler jusque dans ses fondemens : ce sont des girouettes de bronze que la rouille ne peut ronger : ce sont des serpens qui se tortillent en cent façons.

On voit de ces girouettes-là dans tous les états de la société, chez les grands comme chez les petits ; et nous ne cesserons de le répéter, ce qui leur plaît aujourd'hui leur déplaira demain : jamais la raison n'a le dessus avec les trois quarts des hommes; quand ils sont bien , ils veulent être mieux ; toujours désirant, toujours envieux de ce qu'ils n'ont pas , ils ne savent pas jouir de ce qu'ils possèdent , et le plus grand nombre arrive à la fin de sa vie en endiablant d'avoir été joués par des girouettes plus fines , plus adroites ou plus heureuses qu'eux ; mais ce qu'il y a de pis , c'est de voir que le mérite est souvent mis de côté : aussi , tout va à la débandade.

PATOIS.

D' même que les girouattes qu'on wouet d'sus les chêtés et qu'tonnent è tot vent , d' même aussè les sajons cheingent, et jèmas eune ennaye ne r'sanne è celle qu'at pessaye. Permi les hommes , ç'at let même, si s'n'at pis.

Les émins, les pèrans, les ambitioux, les boins et les méchans , pertot on n'wouèt que des girouattes , on en è vu d'tot temps , mas jèmas austant que d'peus quèrante ans , et tos les jos on en at let deupe : ç'at d' vras quèmèlèons qu'cheingent de coleur è v'lonté ; on n'pieut s'en garèt : on les j'treut pè let f'uête , qui r'montrint pè let deugraye.

Ç'at surtot quand l'temps at è let tempète qu'on les wouèt s'rétonnèt, s'rémouèt comme des fouyans qu'ont pèdu zout' trou ; fins comme des r'nads , l'étrèprint l'diale qu'on dit beun' rusèt : comment s'deufièt d'pèreilles gens ? on les toureut qu'ils se r'gimbrint iqua ; mais y font tant de pessayes, tant d'gambades , qu'lèrivent ousque lo s'lat lut, et s'pra-fitent des dépauilles des çous qu'l'oreige è culbutèt ; ç'at

l'effet don mov'ment qu'l'ont beilliè è let meisse po l'èbranlèt
jusqu'è dans ses fond'mens : ç'at des girouattes de bronze que
let rouaille ne pieut rongèt ; ç'at comme des seurpens qui
s'tourtillent en cent féçons.

On wouèt d'ces girouattes lè dans tos les ètèts d'let sociètè,
cheux les grands comme cheux les p'tiats ; C'qui lou pliat
auj'd'hu lou deupliat lo lend'main : jèmas let rajon n'è o
d'sus èva les treus quarts des hommes ; quaud y sont beun'
y veuillent être mieux ; tojos d'sirant, tojos envioux de c'qui
n'omment, y n'sèveut mè jaï de c'qu'ils ont ; et l'pus grand
nombre èrive è let fin d'sè vèye en endialant d'awouèt ètu jouè
pè les girouattes pus èdreutes, pus fines ou pus ogrouses que
zous ; mas c'qu'at pis, ç'at d'veur que l'mérite a quosi tojos
mis è cotier : aussè, tortot va è let débandade.

IN P'TIAT MAT AUX CRÉTIQUOUX.

Quand on n'et d'aute ambition que celle de s'rende eutile austant qu'on l'pieut, pèchoûne n'et l'dreut d's'en fauchet, è moins d'ête méchant ou fou.

J'alans, po nate pliaji aussè, et po cheinget d'sujet, maite so les œuils des lectoux lo p'tiat compliment que j'évans èdrassieé au Reu des Français, au nom d'tortos les Messins qu'l'ont si beuu' reçu è son èrivaye è Metz, lo 10 jouin 1831.

Si permi zous y s'en treuve d'essès malins et essès privés d'rajon po nos blièmèt, y pieunent restèt dans zout' ignarance des hommes et des chouses ; je n'prétendànmes les en r'tiriet ; les seiges rendront jeustice è nate intention, tot du moins je l'euspérans. J'comptans surtot sur l'indulgence des aimabes et bonnes Messines, et zout' suffreige nos suffirè.

UN PETIT MOT AUX CENSEURS.

Quand on n'a d'autre ambition que celle de se rendre utile autant qu'on le peut, personne n'a le droit de s'en fâcher, à moins d'être méchant ou fou.

Nous allons, pour notre plaisir aussi, et pour changer de sujet, mettre sous les yeux des lecteurs le petit compliment que nous avons adressé au Roi des Français, au nom de tous les Messins qui l'ont si bien reçu à son arrivée à Metz, le 10 juin 1831.

Si parmi eux il s'en trouve d'assez malins et assez privés de raison pour nous blâmer, ils peuvent rester dans leur ignorance des hommes et des choses ; nous ne prétendons pas les en retirer : les sages rendront justice à notre intention, du moins nous l'espérons. Nous comptons surtout sur l'indulgence des aimables et bonnes Messines, et leur suffrage nous suffira.

ÉPITRE

AU ROI DES FRANÇAIS LOUIS-PHILIPPE,

A SON ARRIVÉE A METZ LE 10 JUIN 1831.

Digne fils de Bellone, élevé pour la gloire,
Dont le patriotisme est gravé dans l'histoire ;
Héros qu'on vit naguère à Jemmape, à Valmy,
De notre liberté poursuivre l'ennemi ;
Toi qui, par tes vertus, méritas la couronne
Trop long-temps profanée, aride sur le trône,
Reçois en ce beau jour l'hommage des Messins,
Et le serment qu'ils font de suivre tes destins.
  A tes prédécesseurs ils le firent de même,
Tant ils croyaient l'honneur né sous le diadème ;
Tous furent trompés dans leurs pressentimens,
On aggrava leurs maux sans nuls ménagemens.
  Mais toi, Louis-Philippe, en qui toute la France
A mis avec transport toute sa confiance,
Tu ne trahiras pas l'Idole des Français :
La liberté peut seule assurer tes succès.....
  Tu connais leur amour, l'esprit qui les anime,
Ils comptent tous sur toi, sur ton cœur magnanime ;
En habile pilote, en roi, tu conduiras
Le vaisseau de la France où seul tu régneras,
Où seul tu recevras les vœux et les hommages
D'un peuple dont tu sus captiver les suffrages.

Nous te seconderons de tout notre pouvoir :
La patrie et l'honneur nous en font un devoir ;
Déjà nous te devons tant de reconnaissance,
Pour avoir de l'État soutenu l'existence !

De l'affreuse anarchie où nous allions tomber
Tu préservas la France ; elle allait succomber
Ou se perdre à jamais dans une république,
Sans ton noble secours, ton courage héroïque.

Après l'avoir sauvée il est doux d'espérer
Que de tous les abus tu vas nous délivrer,
Que toujours devant toi marchera la justice
Qui du mérite seul doit être protectrice ;
Que la charte et les lois régleront désormais
Les destins de la France, en guerre comme en paix.

Elle ne voit en toi qu'un bon Roi, qu'un bon père
Qu'elle aime tendrement comme un Dieu tutélaire ;
Ses enfans font pour toi, pour tous tes descendans,
Des souhaits de bonheur, les vœux les plus ardens ;
Et si de tes bienfaits ils reçoivent des marques,
Ils te proclameront le plus grand des monarques,
Et tous avec orgueil se féliciteront
D'avoir fait l'heureux choix d'un Roi qu'ils béniront.

J'espérins de c'boin Reu reuponse è nat'cantique :
In p'tiat mat tant seul'ment pè grace ou pè féveur,
Il eût étu por nos comme in breuvèt d'honneur ;
J'évans cru l'obteni de sè part, mas bernique !

Nous espérions du Roi réponse à ce cantique :
Un petit mot, un seul, par grace ou par faveur,
Il eût été pour nous comme un brevet d'honneur ;
Nous crûmes l'obtenir de sa part, mais bernique !

LÈ CONSALATION.

Valeus dire, Mesdèmes, que j'èvons fat des complimens en let è tos les Reus qu'sont v'nius cheux nos : ç'at vra, et v'en conclureus qu'les Messins, comme les Pèrisiens, sont des girouattes, et v'èreus rajon. Veus nos r'prach'reus p'tète c'que j'èvans fat po l'Emprou et les dous Reus qu'sont v'nins èprès lu, surtot po l'darnier qu'è pèdu s'bei royaume po awouet chu les méchans conseils d'ses minisses et des jésouites qu'l'ont trompè et qu'ont trèhi let nation ; j'atins d'bonne foi, et v'pensins tortus comme nos : si tos les reus les r'semblint on craindreut d'vive sous zous lois ; mas, d'même que les motons ont b'zan d'in bergi po les condure è let pèteure, que les ovris ont b'zan d'in chef po les dirigèt, et qu'les m'neiges vont è let débandade quand l'homme n'ame è let tète ; d'même aussè y faut in reu è let tète d'in governement : sans s'let, ce s'reu comme è let co don Reu Pétau, chéquin voureut c'mandet, et péchoune ne voureut obéit, et les saints-simoniens pourrient beun' en profitet.

Pè bonheur j'èvans treuvè lo Reu que j'deusirins de d'peus long-tems ; y connat les hommes, sidlet ; l'èt étu è l'écoule don malheur ; et brauve comme son épaye, l'èt étu è l'er-maye po deufende les dreuts des Français.

Y d'fendrèt d'même zout'liberté tant qu'elle ne fremme let dévergondaye et qu'elle ne sourtiremme fieu d'ses limites. Y n'fremme lèt girouatte Louis-Philippe ! l'et d'l'esprit tot plien, lo jeugement sain ; y saurèt nos rende jeustice en tems et lieu, et s'wouëdrèt beun' de nos rouatiet et d'nos tratiet comme des esclaves. Mas, l'érèt bei fare, y n'pourret jémas s'garet des hommes girouattes que gambadront auto d'lu et des siens, les inques po étrèpèt des crux et des pensions; les autes po awouet les bonnes pliêces ous'qu'on fjt forteune en moins de rien; mas y s'deufirèt d'zous et d'tortos les fliétoux qu'sont les pus grands enn'mins des reus : lo vra mérite, du moins je l'euspérans, s'rèt reucompensé et j'n'érans pas let doleur de nos veur depolliet po des gens que s'creunent d'ine aute pâte que nos, et qu'nos rouatent tot comme des bêtes de so'nme que l'ciel è créyès po zous pliagis et zous deubauches. Si s'lèt n'érive met d'.ate tems, s'lèt n'terdrème èprès, et nas afans profit'ront de c'que j'évans fat po nos deulivrèt des enn'mins d'nate liberté. Mas jémas on n'pourrèt détrure les girouattes; il y en érèt tant que l'monde s'rèt monde : ç'at pis que l'chin-dent qu'deure de d'peus lèt preumire taquaye, et qu'd'currèt juquè lèt fin des siéques.

LA CONSOLATION.

Vous allez dire, Mesdames, que nous avons fait des complimens semblables à tous les Rois qui sont venus chez nous ; cela est vrai, et vous en conclurez que les Messins, comme les Parisiens, sont des girouettes, et vous aurez raison. Vous nous reprocherez peut-être ce que nous avons fait pour l'Empereur et les deux Rois qui sont venus après lui, surtout pour le dernier qui a perdu son beau royaume, en suivant les mauvais conseils de ses ministres et des jésuites qui l'ont trompé ainsi que la nation ; nous étions de bonne foi : si tous les rois leur ressemblaient, on craindrait de vivre sous leurs lois ; mais de même que les moutons ont besoin d'un berger pour les conduire à la pâture, que les ouvriers ont besoin d'un chef pour les diriger, et que les ménages vont à la débandade quand l'homme n'est pas à la tête, de même aussi il faut un roi à la tête du gouvernement : sans cela, ce serait comme à la cour du roi Pétau, chacun voudrait commander et personne ne voudrait obéir, et les saints-simoniens pourraient bien en profiter.

Par bonheur, nous avons trouvé un Roi tel que nous le désirions depuis long-temps : il connaît les hommes celui-là ! il a été à l'école du malheur et brave comme son épée ; il a été à l'armée pour défendre les droits des Français.

Il défendra de même leur liberté, tant qu'elle ne sera pas la dévergondée et qu'elle se tiendra dans ses limites. Il ne fera pas la girouette Louis-Philippe ! Il a beaucoup d'esprit et le jugement sain ; il saura nous rendre justice en tems et lieu, et se gardera bien de nous regarder et de nous traiter comme des esclaves. Mais, il aura beau faire, il ne pourra jamais se garer des hommes girouettes qui gambaderont autour de lui et des siens, les uns pour attraper des croix et des pensions, les autres pour avoir les bonnes places où l'on fait fortune en moins de rien ; mais il se défiera d'eux et de tous les flatteurs qui sont les plus grands ennemis des rois : le vrai mérite, du moins nous l'espérons, sera récompensé, et nous n'aurons plus la douleur de nous voir dépouiller par des gens qui se croient d'une autre pâte que nous, et qui nous regardent comme des bêtes de somme que le ciel a créées pour payer leurs plaisirs et leurs débauches. Si cela n'arrive pas de notre tems, cela ne tardera guère après, et nos enfans profiteront de ce que nous avons fait pour les délivrer des ennemis de notre liberté. Mais jamais on ne pourra détruire les girouettes ; il y en aura tant que le monde sera monde : c'est pis que le chiendent qui dure depuis la première toquée, et qui durera jusqu'à la fin des siècles.

VÈRITÈS

QU'ON N'PIEUT TRAP R'VEULÈT.

J'èvans bei rouatièt tot autot d'nos, j'èvans bei charchet dans les boquins les pus anciens, je wouyans que d'tot tems les hommes (j'entendans palet des fommes aussè) ont étu des girouattes; péchoune ne vieut d' marèt dans let plièce ous'que let nèteure l'è mis; et s'il y èveut des deugrayes po montèt jusqu'au ciel, chéquin voureut y grimpèt, au risque de s'breulèt les oûles au s'lat, ou d'cheure è let valaye comme Icare et *Pilate Dèsruziers* nate concitayin, et tant d'autes que n'omment su se t'nin dans zout' sphère : l'ambition les dèvare, l'èmor-prape les èvule, et les sciges en haussent les épaules de pitié; enquat sedsels ont y sovent des tentations. Tant qui sont, tortus aiment lo chingement, péchoune n'at content de s'sourt; chéquin vieut montèt pus haut qui n'ast : ç'at comme les motons d'Pénurge, quand l'inque saute, l'aute vieut sautèt, au risque de s'nayèt ou de s'débraulèt.

Po preuvèt c'que j'deujans, po montrèt combeun' les heumains sont inconstans, j'alans pesset en r'vue zous folèyes en r'montant aussè haut que j'pourans, d'èprès nos boquins. On veurrèt combeun' les hommes ont fat d'pirouettes de d'peus des sièques po èrivèt jusqu'è nos. On houyerèt s'let de let perfection; mas si n'évinmes étu des girouattes, y s'rint restés comme l'attint; j'èrins fat comme zous, et je s'rins p'tête pus ogroux. L'inconstance et les deusirs ont beilliè naissance è trabeun' de b'zans; et j'attans auj'd'hu trap long d'lét nèteure po r'tonnet en errièt : y faureut r'fonde tote l'espèce, et fare fare let girouatte è tot l'genre heumain.

S'n'ame seul'ment dans let sociètè, zous oupinions et zout' condute que les hommes de nate péys et d'tot évaux ont étu des girouattes, ç'at iqua dans zous hébitudes, zous useiges, zout' fèçon de vive et de s'vétit. C'qui lou pliat auj'd'hu lou d'pliat lo lendemain. Tortus, tant qui sont, et quò vièces qui sint, ne sèvent mè jaï don preusent qu'at è zous, et corrent sans cesse èprès des chimères, tojos quittant l'bien dans l'euspérance d'ête mieux, et deusirant mille chouses dont y pieunent se pessèt. Y faut qui chinginssent jusqu'aux mèts d'zout' tauille, let fèçon d'zous hébits, d'zous maujons, d'zous meubes, d'zous fommes même ; et, sauf lo reuspect que j'devans aux dèmes, on picut dire qu'on en wouèt queuqu'zeunes, de tems et aute qu'imitent jaliment les hommes ; enfin, d'què cotier qu'on s'toneusse, on n'wouèt pertot qu'des girouattes. J'allans les matte sous les œuils des lectoux, y veuront que je n'deujans point d'mentreyes.

VÉRITÉS QU'ON NE PEUT TROP RÉVÉLER.

Nous avons beau regarder autour de nous, nous avons beau chercher dans les bouquins les plus anciens, nous voyons que de tout temps les hommes (nous entendons parler des femmes aussi) ont été des girouettes ; personne ne veut demeurer dans la place où la nature l'a mis ; et s'il y avait des escaliers pour monter jusqu'au ciel, chacun voudrait y grimper au risque de se brûler les ailes au soleil, ou de tomber à bas comme Icare et *Pilate – Desroziers* notre concitoyen, et tant d'autres qui n'ont pas su se tenir dans leur sphère : l'ambition les dévore, l'amour-propre les aveugle, et les sages en haussent les épaules de pitié, encore ceux-ci ont-ils souvent des tentations. Tous, tant qu'ils sont, aiment le changement, personne n'est content de son sort; chacun veut monter plus haut qu'il n'est : c'est comme les moutons de Panurge, quand l'un saute, l'autre veut sauter, au risque de se noyer ou de s'écraser.

Pour prouver ce que nous disons, pour montrer combien les humains sont inconstans, nous allons passer en revue leurs folies, et remonter aussi haut que nous le pourrons, d'après nos bouquins. On verra combien les hommes ont fait des pirouettes depuis des siècles pour arriver jusqu'à nous. On appellera cela de la perfection; mais s'ils n'eussent pas été des girouettes ils seraient restés comme ils étaient; nous aurions fait comme eux, et nous en serions peut-être plus heureux. L'inconstance et les désirs ont fait naître beaucoup de besoins; et nous sommes aujourd'hui trop loin de la nature pour rétrograder · il faudrait refondre toute l'espèce et faire faire la girouette à tout le genre humain.

Ce n'est pas seulement dans la société, dans leurs opinions et leur conduite que les hommes de notre pays et d'ailleurs ont été des girouettes, c'est encore dans leurs habitudes, leurs usages, leur façon de vivre et de se vêtir. Ce qui leur plaît aujourd'hui leur déplaît le lendemain. Tous, tant qu'ils sont, et quelques vieux qu'ils soient, ils ne savent pas jouir du présent qui est à eux, et courent sans cesse après des chimères, toujours quittant le bien dans l'espoir d'être mieux, et désirant mille choses dont ils peuvent se passer. Il faut qu'ils changent jusqu'aux mets de leurs tables, la façon de leurs habits, de leurs maisons, de leurs meubles, de femmes même ; et, sauf le respect que nous devons aux dames, on peut dire que de tems en tems on en voit qui imitent parfaitement les hommes; enfin, de quelque côté qu'on se tourne, on ne voit partout que des girouettes. Nous allons les mettre sous les yeux des lecteurs, ils verront que nous ne disons point de mensonges.

NOTICES HISTORIQUES

SUR LES

HOMMES GIROUETTES.

CHAPITRE PREMIER.

Des Usages et de la Nourriture des Français , tirés du règne végétal. — Grains et Légumes.

Personne n'ignore que le gland n'ait été la nourriture première de nos ancêtres ; aussi le chêne était-il révéré par la nation entière, et les druides en faisaient l'objet de leur culte.

La découverte du bled et d'autres grains nutritifs se fit peu après par les Phocéens ; et les Gaulois, à leur exemple, apprirent à cultiver, fumer et récolter les grains.

Les Romains furent long-tems à trouver le moyen de moudre ; ils se contentaient de briser le grain et de le cuire à l'eau dont ils faisaient une bouillie pour leur nourriture ; mais dès qu'on eut inventé les moulins à vent, la farine qu'on en retirait étant plus fine, on en fit des galettes que l'on faisait cuire sous la cendre ou dans des espèces de four portatifs. On imagina de rendre ce pain meilleur en employant de la pâte aigrie pour le rendre plus léger ; de là naquit l'art de la boulangerie qui était en vénération à Rome.

Pendant plusieurs siècles , un morceau de pain coupé en rond ou en long servait d'assiette à chaque convive.

Les Gaulois employaient la lie de bière pour rendre le pain plus léger ; mais les médecins prétendirent qu'elle était nuisible, on la proscrivit : néanmoins, vers l'an 1669, on permit d'employer cette levure, pourvu qu'elle fût fraîche ; on a continué ainsi, à Paris surtout, jusqu'à présent.

Vers la fin de la seconde race, les seigneurs s'arrogèrent le droit d'établir des moulins et des fours banaux ; mais saint Louis en affranchit les villes.

Les légumes tels que nous les mangeons aujourd'hui, étaient connus du tems de Charlemagne. Charles VIII apporta d'Italie en France les premiers melons.

CHAPITRE II.

Fruits.

Les Romains ont apporté l'abricot d'Arménie. La pêche nous vient de la Perse où elle était regardée comme un poison ; mais transplantée en France, elle a acquis une qualité bienfaisante qui la fit rechercher et propager ; elle ne nuit que lorsqu'on en mange par excès ou qu'elle n'est pas mûre. Les prunes viennent de Syrie du tems des croisades. La reine-claude doit son nom à la première femme de François I.", fille de Louis XII. La mirabelle a été apportée de Provence par le roi René. Le coing vient d'une ville nommée Cydon, dans l'île de Crète. La châtaigne est originaire de Sardes en Lydie ; mais les montagnes du Périgord, du Limousin et du Vivarais étant couvertes de châtaigniers dont les plus beaux fruits croissent en Provence et sont vendus à Lyon, on doit croire que le fruit est indigène. Les citrons viennent de la Syrie, et les oranges des provinces méridionales. Les noisettes et les cerises sont originaires du royaume de Pont. Les figues viennent de l'Asie. Les Gaulois nous firent connaître les fraises.

Tous ces fruits et beaucoup d'autres subirent diverses métamorphoses pour s'acclimater en France où ils perdaient de leur saveur en arrivant ; mais peu à peu, en renouvelant les greffes, ils devinrent ce qu'ils sont aujourd'hui : ce qui les fait entrer dans la classe des girouettes.

CHAPITRE III.

De la Nourriture tirée du règne animal.

Les Gaulois étaient de grands mangeurs de viande et surtout de chair de porc ; ils en firent long-tems, ainsi que les Francs, leur principale nourriture. Le cochon salé se servait habituellement sur la table des rois et des seigneurs qui, aujourd'hui, le méprisent. Girouettes.

Cet animal jouissait à Paris du privilége d'être nourri dans la ville ; mais un jour que Philippe, petit-fils de Louis-le-Gros, passait dans la rue, un cochon se jeta dans les jambes de son cheval qui s'effaroucha et renversa le prince qui mourut de sa chute. Cet accident donna lieu à un réglement de police qui défendit de laisser courir les porcs sur la voie publique.

Les autres animaux connus en France, existaient même du tems des Grecs : les pigeons, les oies, les dindons, les poules datent du même tems. Les canards étaient regardés comme un mets maigre, ainsi que toute la volaille. Saint Benoît et autres permettaient aux moines d'en manger les jours maigres quand ils n'avaient pas de poisson.

Le gibier et les poissons de toute espèce entraient dans la nourriture des Gaulois.

Long-tems le beurre, le fromage et les œufs furent défendus en carême, et l'on ne se servait que d'huile pour accommoder les mets. Aujourd'hui cela est changé. Girouettes.

En 1555, un évêque de Paris ayant autorisé l'usage des

œufs pendant le carême, le parlement le défendit ; et la privation de ce mets donna naissance à l'usage d'en faire bénir le samedi saint une assez grande quantité pour pouvoir en envoyer en cadeau à ses amis le jour de pâques. Cette coutume est loin de nous, à cela près cependant qu'elle continue à l'égard des enfans.

Philippe-le-Long et Philippe de Valois furent les premiers qui mirent un impôt sur le sel ; et Charles, fils du roi Jean, pour payer la rançon de son père, établit la gabelle. Henri II se réserva le privilége de le vendre. Avant eux le commerce en était libre.

A peine les Romains connaissaient-ils les épices qui nous viennent de l'Asie et des Indes ; on en fit jadis un grand usage dans l'apprêt des mets ; aujourd'hui on en a abandonné une grande partie à la médecine ou à la pharmacie, de même que le sucre, car les Romains n'employaient dans leurs pâtisseries, leurs ragoûts et leurs confitures, que le miel. Encore des girouettes.

CHAPITRE IV.

Cuisine des Français.

Jusqu'à la conquête des Gaules par les Romains, nos ancêtres vivaient comme les sauvages, d'herbes hachées et bouillies qui se servaient dans des jattes de bois et sur une peau de bœufs ; des boulettes composées de farine de diverses espèces de grains, et des lambeaux de viandes rôties sur des charbons ; telle était leur nourriture unique. Les Romains parvinrent à en faire des girouettes, en leur faisant quitter leur manière agreste de vivre pour une plus agréable qui se perfectionna jusqu'au règne de Louis XIV, où les cuisiniers français se sont distingués au point d'être regardés comme les premiers de l'Europe ; aussi partout leur méthode fit abandonner les anciennes ; et les peuples de cette partie du monde et même de quelques autres devinrent encore des girouettes.

Long-tems on vendit à Paris les viandes bouillies , et des sauces de toute espèce qu'on emportait chez soi pour assaisonner d'autres mets , notamment de la chair de porc. Aujourd'hui ce n'est plus cela , chacun fait sa sauce comme il l'entend ; on n'emploie plus ou point d'aromates ni d'épices , et on s'en trouve bien.

La pâtisserie était annexée à la boulangerie et était fort en vogue sous Louis XII et depuis. Les mères de famille , les dames de châteaux et leurs filles furent d'abord les premières pâtissières ; cette occupation faisait partie de leurs amusemens journaliers , c'était à qui inventerait et composerait les gâteaux les plus délicats et les plus friands. Il n'y a plus guère que les bonnes et quelques femmes de ménage qui s'en occupent ; mais toutes en ont changé la forme et la façon : on peut donc les mettre au rang des girouettes.

A dater du règne de Louis-le-Débonnaire , en 802 , où la pâtisserie commença à paraître , on y tenait tellement qu'il fit insérer qu'une ferme de l'abbaye de Saint-Denis devra lui fournir, à certains jours de fête , seize mesures de miel , onze cents œufs et cinq muids de farine , pour faire des gâteaux. A cette époque , les tartes parurent. On étendait sur la pâte des viandes , des poissons de toute espèce, du gibier, des fruits, de la crème, ou des amandes, etc. Aujour-d'hui , rien ne ressemble à ce mélange dans nos ménages : tout y est changé à l'imitation des girouettes.

Les oublies doivent leur origine aux hosties que l'on servait à certains jours de l'année aux églises, aux chanoines , sous le nom de *Pain aubliau* qui était alors regardé comme gâteau et friandise. Les rois , les seigneurs en exigèrent de leurs suzerains et fermiers, à titre de redevance.

Dès l'année 1202, les gâteaux, les galettes, les échaudés et les oublies se vendaient au public pendant le jour ; mais ces derniers se colportaient pendant toutes les nuits par une société d'oublieux qui se répandaient dans les rues de Paris : comme c'était au tems où Cartouche y volait et commettait mille désordres, quelques oublieux furent assassinés, et les agens de ce brigand prirent leurs habits pour se déguiser et se soustraire à la police qui défendit depuis la vente des oublies, et permit seulement aux femmes d'en faire le commerce pendant le jour dans les promenades ; elles en firent des cornets qu'elles appelèrent plaisir des dames. Aujourd'hui ce sont des hommes qui les vendent, surtout la nuit, encore bien qu'il y ait toujours des Cartouches par ci par là. On voit que rien n'est stable, et que les hommes varient sans cesse. Girouettes.

On ne peut s'empêcher de remarquer en passant que nos ancêtres, après s'être nourris de glands, ont trouvé le moyen, de s'en dédommager par mille friandises que nous avons perfectionnées.

CHAPITRE V.

Des Boissons, du Café, etc.

Il est démontré qu'il n'y a point de pays en Europe où l'eau soit meilleure et plus saine qu'en France ; mais ce n'est pas sur ce liquide que les hommes ont trouvé qu'ils étaient des girouettes, toujours enclins à changer de goût comme de place : les uns veulent du vin blanc, les autres aiment le rouge ; ceux-ci quittent le vin de Bourgogne pour du Bordeaux, d'autres préfèrent le Champagne : c'est à n'en pas finir.

La nature heureusement a pourvu à leurs fantaisies comme à leurs besoins. Le vin a passé de l'Asie dans la Grèce, et delà en Italie, et dans les Gaules, où il fut rapporté par un Toscan banni de son pays. Les Marseillais furent les premiers qui en burent. Ce ne fut guère qu'à l'arrivée de Fabius Maximus dans les Gaules, dont il conquit une partie, que par ses ordres on y planta de la vigne, environ 120 ans avant J.-C.; et bientôt après les habitans, qui faisaient le commerce des vins, s'avisèrent d'y mettre des drogues.

Domitien, le tyran, prétendant que la culture du bled serait plus utile que celle du vin, fit arracher toutes les vignes, et cet ordre fut exécuté dans les Gaules pendant près de deux cents ans; mais vers la fin du 3.ᵉ siècle, le sage et vaillant Probus rétablit la paix et les vignes dans notre pays.

Les Francs s'appliquèrent à multiplier les plants de vignes lorsqu'ils devinrent maîtres des Gaules, et Charlemagne en ordonna la culture dans ses domaines. On les propagea ainsi jusqu'en 1577 que Charles IX fit arracher toutes celles de la Guyenne; mais après ce tyran fanatique, on continua la culture de la vigne jusqu'à présent.

Les hommes, loin d'être satisfaits d'une boisson agréable et fortifiante, cherchèrent les moyens de s'en procurer une plus forte encore. Vers le 12.ᵉ siècle, Arnaud de Villeneuve, fameux médecin, fit le plus grand éloge de l'esprit des vins que l'on tirait de la distillation. « Qui croiroit, dit-il, que du vin on pût tirer une liqueur qui n'a ni la couleur du vin, ni ses effets ordinaires? Cette eau est appelée eau-de-vie, et ce nom lui convient, puisqu'elle conduit à l'immortalité. Déjà l'on connoît ses vertus; elle prolonge l'existence, dissipe les humeurs peccantes, ranime le cœur et entretient la santé. » Mais depuis long-tems on est revenu sur le compte de l'eau-de-vie; elle fait du bien à quelques-uns, et fait du mal à d'autres, surtout à ceux qui, peu contens du vin, donnent la préférence à l'eau-de-vie : c'étaient aussi des girouettes.

Avant la découverte de la vigne, nos ancêtres ne buvaient que de l'eau de miel que l'on faisait fermenter, et à laquelle ils donnèrent le nom d'hydromel. Déjà les Gaulois l'avaient imaginée.

La bière était connue du tems de Pline, qui assure qu'à cette époque on avait le secret de la conserver pendant plusieurs années. Julien-l'Apostat la méprisait au point de dire qu'elle avait l'odeur du bouc.

Le cidre prit naissance en Afrique, et les Biscayens l'apportèrent dans leur patrie. Les Normands ayant conquis la Neustrie apprirent d'eux la manière de faire le cidre. Les amateurs le préférèrent bientôt à la bière ; et cette boisson, ainsi que celle du poiré, se fait avec des pommes et des poires acerbées.

A mesure que les hommes faisaient des découvertes, ils changeaient leurs habitudes. La fève de café, originaire d'Arabie, fut apportée à Louis XIV par un ambassadeur turc, qui imagina la manière de le faire cuire ou bouillir ; et depuis ce moment, ceux qui peuvent s'en procurer des îles où il est cultivé, quittèrent leur boisson ordinaire pour l'eau de café, sucrée ou non. Un homme en Allemagne fit sa fortune en vendant, par tasse, du seigle grillé en poudre pour du café.

Les Espagnols, auxquels nous devons l'usage du chocolat que l'on fabrique avec la fève renfermée dans une gousse de cacao qui vient de l'Arabie et de l'Éthiopie, ont fait faire la girouette à la plupart de ceux qui prenaient du café ou toute autre chose, et donnèrent la préférence au chocolat dans lequel on introduit du sucre dont chacun connaît l'origine, de la vanille, du gérofle et de la canelle venant des îles.

Peu contens des fruits que la nature prodigue aux hommes, ils cherchèrent les moyens de les rendre plus agréables, et imaginèrent les sucreries , les confitures , les liqueurs fines et les biscuits , les fruits confits et mille autres friandises dont on garnit aujourd'hui la table des riches : ce qui prouve que les girouettes existent depuis long-tems. C'est de l'origine de toutes ces sucreries que les juges étaient autorisés à recevoir des épices en nature , puis en argent , puis à leur choix ou à celui des plaideurs , encore bien que par la suite un magistrat eût été en quelque sorte déshonoré s'il eût été convaincu d'avoir reçu le plus léger présent. Ces usages se renouvelèrent souvent , malgré la défense ou le blâme. On n'y a guère apporté de remède que depuis qu'en les salariant. Et toujours des changemens , toujours des girouettes.

CHAPITRE VI.

Usages et Heures des Repas.

Les Celtes chez les Gaulois et les Francs mangeaient à terre sur du foin , ayant devant eux de petites tables fort basses. Leur nourriture était d'un peu de pain et de beaucoup de viande bouillie ou grillée. Ils ne se servaient que de leurs mains pour manger , et prenaient un morceau de viande qu'ils déchiraient à belles dents , et n'employaient le petit couteau qu'ils portaient toujours sur eux , que pour couper la viande qui était dure. Chacun prenait au plat , et puisait sa tasse dans un vase rempli de vin qu'on mettait au milieu de la table.

Dans leurs festins , les Gaulois se servaient , au lieu de coupes ou de tasses , des crânes des ennemis qu'ils avaient tués , et buvaient même dans ceux de leurs pères , mais c'était , de leur part , par respect pour leurs parens.

Bientôt ils changèrent leur manière de manger , en faisant placer les convives deux à deux à une petite table , où ils n'avaient qu'une seule coupe pour boire ; ils appelaient cela *manger à la même écuelle.*

Dans l'intérieur du ménage un seul gobelet servait à toute la famille. Sainte Berlande fut déshéritée par son père qui était lépreux , pour avoir lavé le gobelet après qu'il y avait bu.

Ces coutumes changèrent par la suite, et furent remplacées par d'autres , telles que de faire des assauts bachiques , et à faire des défits aux convives à qui boirait le plus ; mais des ordonnances royales défendirent ces combats d'ivrognes. On fut forcé d'être sobre.

Tant que les Celtes et les Gaulois furent dans la barbarie, ils n'eurent point d'heures réglées pour leurs repas ; mais dès qu'ils furent soumis aux Romains , ils en adoptèrent les usages , et leur repas de prédilection était le soir. Par esprit de religion les Romains avaient coutume de porter des santés aux convives qu'ils avaient à table. Chez les premiers chrétiens c'était une espèce d'hommage aux saints et aux morts.

L'usage de boire gaîment à table , à la santé des convives , fut introduit chez nos ancêtres par les peuples du nord. Cette coutume ajoute à l'agrément des repas et contribue toujours à cimenter l'amitié , les égards , la reconnaissance et même le respect. Il est pourtant des têtes girouettes qui regardent cette coutume avec indifférence ou dédain.

Cependant, qui ne serait pas ému en se rappelant cette scène douloureuse où l'infortunée Marie Stuart, reine d'Écosse, condamnée par sa sœur Élisabeth à périr sur l'échafaud, la veille de sa mort, lorsqu'elle but à tous ses gens sur la fin du souper, en les invitant à lui faire raison ; à quoi ils obéirent , mêlant leurs larmes avec leur vin , en buvant à leur maîtresse !

Les Romains commençaient leurs repas par des légumes crus et en salade , afin d'exciter l'appétit et préparer l'estomac à recevoir la viande que l'on servait avec profusion , et surtout du cochon : aujourd'hui, les seigneurs et les gens riches rougiraient en quelque sorte de toucher à ces mets grossiers. Saint Louis et Philippe son petit-fils réformèrent le luxe des tables ; ce dernier défendit d'avoir aux repas ordinaires plus d'un mets et d'un entremets, sinon aux grands repas de cérémonie où il était permis d'avoir deux mets avec un potage au lard. Les choses sont bien changées depuis, ce qui prouve que les girouettes ne sont pas nées d'aujourd'hui.

Bientôt après les souverains donnèrent dans un excès tout opposé. L'or, l'argent, les décors qui brillaient sur les tables, chargées alors de mets délicats et en profusion, annonçaient la splendeur et la richesse dont jouissaient les princes ; et ces prodigalités commencèrent sous Charles IX, à sa noce avec Isabeau de Bavière ; elles se propagèrent et se continuèrent jusqu'à nos jours. Mais les rois avaient grand soin de faire payer leurs plaisirs au peuple, sur lequel ils levaient des impôts considérables pour satisfaire à leurs débauches et aux fêtes somptueuses qu'ils donnaient, et pour entretenir à leur cour un nombre infini d'oisifs, de flatteurs et de courtisans de toute espèce, sans compter les maîtresses qui souvent se mêlaient des affaires d'état, même de la guerre.

CHAPITRE VII.

Des Meubles et Ustensiles de Table et de Cuisine.

Avant l'entrée des Romains dans les Gaules, nos pères ne faisaient usage que de pots et de vases de terre cuite ; depuis ils employèrent le fer et le cuivre que bientôt ils étamèrent avec un étain brillant.

Pendant long-tems nos aïeux mangèrent assis sur des bottes de foin ; les Romains leur apprirent à manger à demi-couchés sur des lits ; et sous la première race de nos rois, ils se servirent de chaises de bois sur lesquelles, peu d'années après, ils mirent des coussins. Les ducs et autres officiers des rois étaient chargés de placer ces coussins sur les chaises lorsque le prince assistait à quelque cérémonie.

Les tables sur lesquelles on mangeait étaient de bois bien poli, sur lesquelles on étendait une nappe ; dès qu'elles furent en usage, on les faisait assez grandes pour que les convives pussent en tenir un morceau sur leur genou pour leur servir de serviette et s'en essuyer la bouche et les mains.

Les premières serviettes furent présentées à Charles VII par la ville de Reims où il était allé se faire sacrer. Charles-Quint, traversant la France, reçut de même un présent de serviettes, évalué à mille florins. Tout est bien changé depuis ce tems. Est-ce perfection ou inconstance ?

Les couteaux et les cuillers sont en usage depuis des siècles ; les Gaulois s'en servaient pour découper les gros morceaux de viande seulement. Sainte Radegonde, épouse de Clotaire, donnait elle-même à manger aux pauvres infirmes qui ne pouvaient pas se servir eux-mêmes. Au dixième siècle, les fourchettes n'existaient pas encore ; on portait les morceaux à la bouche avec la pointe du couteau ; ensuite on a usé de fourchettes à deux branches. Avant cela et long-tems après, on s'est servi de tranches de pain, faute d'assiettes qui furent d'abord de bois, puis de terre cuite vernissées, et de divers métaux.

Les vases à boire étaient d'abord en bois ; ils avaient plusieurs formes, dont les coupes étaient les plus anciennes. Les tasses et gobelets vinrent long-tems après. Les rois, les grands seigneurs en eurent d'argent, et leurs tables furent par la suite couvertes d'argenterie, de porcelaine des Indes, de la Chine et de Saxe, et de flacons de cristal ; enfin de vaisselle d'or dont les Gaulois se sont servis les premiers, et nos riches du jour les imitent. Girouettes.

CHAPITRE VIII.

Habitations des Français.

Dans le principe, ils n'eurent d'autre logement que des cabanes et des chaumières rustiques à peine suffisantes pour les garantir du froid et de la chaleur ; mais à mesure que la civilisation avançait, ils se construisirent des maisons commodes, même des palais, et les gens qui devinrent riches les imitèrent : quoique quelques-uns se ruinèrent, beaucoup d'autres, ayant fait fortune, ornèrent leurs maisons d'objets de luxe dans le dessein de faire oublier leur origine et les cabanes de leurs ancêtres. Girouettes que tous ces gens là.

Au 4.ᵉ siècle, les maisons de Paris n'étaient que des huttes ou baraques construites de mauvais bois, dont les intervalles étaient bouchés par de la terre glaise mêlée avec des brins de paille ; elles n'avaient qu'un rez-de-chaussée et un petit grenier au-dessus. Pendant les deux premières races des rois de France, les bâtimens bourgeois des villes et des bourgs n'avaient pas d'autres formes : ce ne fut que long-tems après qu'on les construisit d'une manière plus solide, plus commode et plus élevés. Les briques et les pierres de taille étaient réservées pour les palais et les églises ; le chaume couvrait tous les édifices, et ce ne fut que quelques siècles après que l'on commença à se servir de tuiles et d'ardoises. Tout cela prouve que les hommes ont toujours aimé le changement, et qu'ils ont toujours désiré un mieux futur et incertain au présent dont ils jouissaient. Mais ce désir les a conduit à la perfection, et le luxe les a souvent entraînés dans des dépenses ruineuses pour construire des palais, des hôtels et des châteaux.

Le Louvre n'était, au tems du roi Dagobert, qu'une maison de chasse. Saint Louis y fit bâtir l'hôpital des Quinze-Vingts. Philippe-Auguste le convertit en une espèce de citadelle, environnée de fossés et de tours. En 1528, François Ier fit abattre la plus grosse de ces tours qui était isolée, et fit faire une cour dans son emplacement. Le Louvre s'y trouva renfermé par l'enceinte commencée sous Charles V, en 1367, et achevée sous Charles VI, en 1383. Ce Louvre avait été pendant dix siècles hors de Paris. Ceci sert toujours à prouver que les girouettes datent de loin. Dans ces tems-là on ne voyait d'autres siéges dans les maisons royales que des chaises et des bancs de bois : aujourd'hui on est un peu plus glorieux.

CHAPITRE IX.

Des Ameublemens.

Nos ancêtres imitèrent long-tems les Romains dans la vie privée; ils n'eurent d'abord pour lits que des feuilles d'arbres, ou des peaux d'animaux sur lesquelles les premiers héros de Rome reposaient; le luxe leur inspira peu à peu le désir de se coucher mollement, et bientôt ils firent usage de matelas, de lits de plumes, de duvets, et leurs bois de lit étaient d'ébène, de cèdre, de citronnier, d'ivoire ou d'argent massif.

Dans les beaux jours de la chevalerie les lits étaient d'une largeur assez grande pour y coucher toute une famille ; pendant les quartiers d'hivers les seigneurs châtelains recevaient dans leurs châteaux leurs frères d'armes avec lesquels ils avaient couché sous la tente : le mari, la femme, les enfans, les chevaliers, même les chiens de chasse favoris, occupaient tous ensemble le même lit. François Ier couchait souvent avec l'amiral Bonnivet qu'il appelait son ami. Il n'y a pas un siècle que l'on voyait encore beaucoup de ces grands et larges lits dans les châteaux où il y avait des salles immenses.

Avant qu'on n'eût imaginé les tapisseries, nos ancêtres se servaient de nattes dont on garnissait les murs pour se garantir de l'humidité qui en sortait. La ville de Pontoise a été long-tems renommée pour ces sortes de tapisseries dont le travail était superbe tant pour les sujets qu'elles représentèrent, que par la vivacité et la variété des dessins et des couleurs.

Ce n'est que vers le 15.ᵉ siècle que l'on inventa les tapisseries de laine, telles que celles de Bergame, ville de Lombardie, appartenant aux Vénitiens ; celles de haute lisse étant fort cher, il n'y avait que les personnes riches qui en ornaient leurs appartemens. Les unes et les autres se fabriquent dans la Normandie.

Enfin, la manufacture de tapisserie des Gobelins, établie sous le règne de Henri IV, sur un terrain appartenant à MM. Gobelins, fameux teinturiers, fût portée à sa perfection sous Louis XIV par les soins de l'illustre M. de Colbert, et du fameux Lebrun, premier peintre du roi. Ces tapisseries, d'un très-haut prix, ne conviennent guère que dans les palais, les grands hôtels, les églises et les châteaux ; aussi en a-t-on inventé de moindre valeur : celles-ci ont cédé leur avantage aux papiers peints dont le prix est à la portée de toutes les fortunes. Dans ce cas seulement, il est permis d'être girouette, et d'aimer le changement en raison de l'économie.

C'est encore à M. de Colbert que l'on doit l'établissement, à la Savonnerie près Chaillot, de la manufacture des tapis de pieds, façon de ceux de Perse.

Les premiers miroirs étaient de métal. Cicéron en attribue l'invention à Esculape, dieu de la médecine. Moïse parle de ceux dont se servaient les femmes juives pour faire leur toilette.

Sous Pompée, on en fit de plus riches, tant en cuivre

qu'en fer poli et en argent. Bientôt les Gaulois s'en servirent ; on en a même trouvé dans les tombeaux des rois, des généraux francs et gaulois. On en fit en métal, puis en glace étamée, et les Vénitiens furent les premiers qui en établirent des fabriques et des manufactures. Les perfectionnemens ont fait des hommes girouettes.

CHAPITRE X.

De l'Habillement du Peuple et des grands Seigneurs.

Les Gaulois et les Francs n'étaient, dans l'origine, habillés que de peaux d'animaux qu'ils cousaient ensemble ; et comme on ne connaissait ni le fil, ni les aiguilles, ils se servaient, ainsi que les sauvages, de crin, de nerfs ou de filamens de certaines plantes, et, pour coudre, d'épines ou d'arêtes de poisson ; d'os aiguisés au lieu de couteaux et de ciseaux.

Ils n'avaient pour chaussures que des sandales de bois, et pour vêtemens que des brayettes, espèce de culotte, et des manteaux de laine et d'étoffes grossières que les femmes travaillaient.

Jusqu'au tems de Charlemagne, les habits militaires furent de peaux. Cet empereur portait une espèce de camisole faite également de peau.

Les femmes se vêtissaient de laine qu'elles filaient elles-mêmes. Long-tems après, les manufactures de draps se créèrent et se multiplièrent ; et les grands et les personnes riches employaient le drap dans leurs habillemens.

Les Gaulois portaient leurs cheveux très-courts ; les Francs les relevaient sur la tête, et se servaient d'un certain savon qui les teignait en rouge, ce qui leur donnait un air terrible. Il y avait chez ce peuple une loi qui défendait à tout jeune homme de se couper la barbe et les cheveux jusqu'à ce qu'il se fut distingué dans une bataille par la mort d'un ennemi.

Dans les premiers tems de la monarchie, les femmes laissaient tomber leurs cheveux sur le cou et les épaules naturellement, et sans faire autre chose que de les peigner; puis elles les ont relevés sous des bonnets semblables, à peu près, à ceux des paysannes d'aujourd'hui.

Pendant nombre d'années les Gaulois et les Francs portèrent de longues barbes, qui furent réduites de beaucoup depuis, ainsi que les moustaches.

Les premières chaussures étaient des sabots et des sandales; les femmes même n'en avaient pas d'autres.

Les premiers bourgeois avaient dans le principe la tête nue, et ne portèrent après que des bonnets plats; les magistrats les changèrent en chaperons, et cette coiffure devint ensuite commune à tous les états; elle ressemblait assez à un long bonnet fait en pain de sucre, que depuis les gens de palais portèrent sur l'épaule, ainsi qu'on le voit aujourd'hui et qu'on nomme épomide.

Pendant plus de cent ans l'habillement des bourgeois consistait en une espèce de chemise ou camisole de toile, aussitôt que la toile a été assez commune pour n'être plus réservée aux seigneurs.

Les manteaux parurent après; mais les rois et les princes, les prélats, avaient seuls le droit d'en porter. Aux pauvres la besace, comme à présent, comme de tous tems.

L'usage des chapeaux et des perruques n'eût lieu que sous le règne de François I.er, et se continua depuis.

La première manufacture de bas au métier fut établie au château de Madrid en 1656.

Henri II a été le premier en France qui ait porté des bas de soie tricotés.

A cette époque les femmes, même de la haute bourgeoisie,

furent assez modestes pour ne pas chercher à égaler en parure les dames de qualité ; elles affectaient même de se distinguer d'elles, dans la crainte de compromettre leur réputation. Elles ont bien changé depuis. Girouettes.

Dans ces tems là encore, les bourgeoises honnêtes portaient des robes fermées et couvraient leur gorge et leurs bras ; elles les serraient au moyen d'une ceinture moitié argent, moitié or, pour marque de leur honnêteté, surtout depuis que, par un arrêt du parlement de 1420, il était défendu aux femmes publiques de porter la ceinture dorée. « Bonne renommée vaut mieux que ceinture dorée. »

Les fraises qui se mettent autour du cou ont commencé à paraître sous Henri II et ses enfans ; de là sont venus les collets, les rabats, les cols et les cravates.

Isabeau de Bavière, femme de Charles VI, portait un bonnet très-chargé d'ornemens, et surmonté d'une couronne et d'autres atours de la hauteur d'une aune. Un carme s'avisa de prêcher contre ces coiffures ; mais les femmes s'en moquèrent, et affectèrent de les porter encore plus élevées, ce qui les rendit d'autant plus ridicules.

Sous Louis XI, ces coiffures formaient une telle hauteur et ampleur, qu'on fut obligé, à la cour surtout et chez les grands seigneurs, de faire élargir et rehausser les portes. Sous Louis XII, cette mode extravagante tomba entièrement.

Sous le règne de Charles IX parurent les vertugadins, les robes à manches larges, et les jupons de dessous étaient enrichis de pierres précieuses et de broderies. Les robes étaient taillées de manière à laisser la gorge et les épaules à découvert.

Ces différentes modes changèrent sans cesse depuis ce tems jusqu'à celui actuel. Girouettes, et toujours girouettes.

CHAPITRE X.

Des Découvertes précieuses.

La première montre fut présentée à Charles-Quint ; mais elle était d'une grosseur incommode, et ne pouvait être portée comme celles qui parurent depuis. On l'appelait pendule dans le principe, et le mot *montre* vient du cadran qui indique ou montre les heures.

Vers l'an 1500, les Espagnols découvrirent la plante du tabac dans la province de la Terre-Ferme dans le Jucatan ; de là elle a passé à Saint-Domingue, à Marylan, au Brésil et en Europe. Jean Nicot, à son retour du Portugal, présenta cette plante à Catherine de Médicis, ce qui la fit appeler nicotiane. Quelques personnes essayèrent d'en fumer, d'autres d'en prendre en poudre, et cette nouveauté alluma une longue guerre entre les docteurs en médecine : on écrivit des volumes pour et contre ; mais l'usage prévalut et se répandit jusqu'au Japon.

En 1650 un incendie, qui consuma une grande partie de la ville de Moscou, bâtie presque toute en bois, et qui fut occasionné par l'imprudence d'un fumeur qui s'endormit la pipe à la bouche, engagea le czar Michel Féderowitz, grand-père de Pierre-le-Grand, à défendre l'usage et l'entrée du tabac dans ses états, sous peine de la bastonnade, et ensuite d'avoir le nez coupé.

Amurat IV, empereur des Turcs, et le roi de Perse avaient proscrit le tabac, et fait les mêmes défenses dans leur empire.

Mais on fut plus tolérant en France, et dès l'année 1629 on établit un impôt de trente sous par livre de tabac, qu'alors on appelait *Pétun* du mot *petunum*, plante. Loin d'en empêcher l'introduction et l'usage, cet impôt sembla augmenter le désir d'en user ; et bientôt on inventa des boîtes pour en contenir la poudre que l'on tirait des feuilles de cette plante, liées ensemble et formant une espèce de boudin que l'on rapait sur un des côtés de la boîte au bout de laquelle était un trou d'où sortait le tabac que l'on versait sur le dos de la main pour le porter au nez. Voilà l'origine des premières tabatières et du tabac.

Le café prit naissance dans l'Arabie-Heureuse ; les Hollandais propagèrent sa graine et la transportèrent à Moka, à Batavia et dans les Isles d'Amérique. Il ne fut bien connu en Europe qu'au 16.ᵉ siècle, à Marseille d'abord en 1657, et à Paris en 1671. Sa découverte est due au hasard. Des bergers en prirent les premiers en infusion, parce qu'ils avaient remarqué que leurs chèvres étaient très-gaies lorsqu'elles en avaient mangé la graine. Le supérieur d'un monastère s'étant plaint devant eux que les moines de son couvent dormaient au chœur, les bergers lui conseillèrent de leur donner du café pour les agiter et les réveiller, ce qu'il fit, et le moyen réussit parfaitement.

Cette boisson que Voltaire appelait un poison lent, lui qui en prit pendant toute sa vie, ne convient qu'aux hommes de lettres et de travail d'esprit, aux tempéramens pituiteux et phlegmatiques, et aux personnes qui ont beaucoup d'embonpoint ; mais il est nuisible aux individus nerveux, secs et bilieux et dont la fibre est irritable, ainsi qu'à ceux qui sont sujets aux hémorragies et à la mélancolie.

On a rappelé ici l'origine et les vertus du café pour avoir occasion de parler de ses bons et mauvais effets.

On a aussi dit un mot du sucre de cannes, mais on a oublié de faire mention de celui de bette ou betterave dont on fait maintenant un grand usage en France, surtout, attendu qu'il est aussi bon et à meilleur marché que celui des îles. Il y a près d'un siècle qu'un chimiste d'Allemagne (Margraf) tira du sucre des bettes aussi bon que celui de cannes qui ne se vendait alors que dix sous la livre, et comme ce sucre coûtait aussi cher, il ne donna aucune suite à sa découverte qui a été renouvelée sous l'empire Napoléon.

CHAPITRE XII.

Des Lois somptuaires.

Les hommes n'étant jamais contens de ce qu'ils possédaient, cherchèrent sans cesse les moyens d'être mieux et de s'élever au-delà de leur sphère, ce qui prouve de plus en plus qu'ils furent toujours girouettes.

Dans l'espoir de les corriger, les rois et les empereurs, depuis Charlemagne jusqu'à Louis XIV, firent des lois somptuaires qui furent observées tant bien que mal, jusqu'à ce que le ministre Colbert, profitant de la folie des Français et du luxe qu'ils affichaient, porta ou fit porter les manufactures à un si haut degré de perfection, qu'il n'y avait plus que les princes, les seigneurs et les personnes riches qui pussent mettre dans les broderies, les bijoux et les étoffes, le prix exorbitant que ces objets se vendaient.

Ceux de nos rois qui donnèrent dans le luxe, le poussèrent à un si haut degré, que la plupart des seigneurs et autres qui voulurent les imiter, se ruinèrent entièrement.

A l'égard des titres, qualités et armoiries qui sont une suite des objets de luxe et des costumes ordonnés pour marquer et distinguer les différentes conditions de la société, on remarque, dans un arrêt de la cour du parlement de Dijon de février 1625, qu'il y est fait défense à tous gentilshommes de prendre la qualité de messire, et à leurs femmes celle de dame, s'ils n'ont et ne possèdent des terres titrées de marquisats, comtés, vicomtés ou baronnies anciennes;

de prendre la qualité de chevalier, ni arme aucune, s'ils ne sont chevaliers en effet.

Défenses également à toutes personnes de se qualifier de gentilhomme ou écuyer, de porter armes timbrées, si elles ne sont de noble race dûment reconnue par titres.

Aux officiers du parlement, des autres cours et tribunaux, bailliages ou autres ayant office public, de prendre d'autre qualité que celle attribuée à leurs fonctions de tems immémorial.

Et à tous autres encore, de quelque condition qu'ils soient, d'appeler damoiselles les femmes ou veuves des notaires, procureurs, huissiers et marchands, et même de permettre qu'on appelle leurs filles damoiselles, sous peine de cent francs d'amende pour la première fois, et de trois cents la seconde.

Il leur est aussi défendu de porter aucune étoffe de soie pour s'habiller, et des robes qui coûtent plus de trois francs l'aune.

Peu à peu toutes ces lois somptuaires tombèrent en dé-suétude : le démon de la vanité et le désir du changement l'emportèrent sur les défenses, et chacun s'habilla à son gré et selon la mode du moment : ce qui prouve toujours qu'hommes et femmes ont été de tout tems des girouettes.

CHAPITRE XIII.

Des Amusemens des Français dans tous les tems de la monarchie.

Dans le principe, les temples et les églises étaient les lieux où le peuple se réunissait pour se divertir : on y mangeait, on y dansait et l'on s'y livrait à la gaieté et à la joie : les jours de fêtes surtout y étaient célébrés par des libations de vins, de liqueurs fortes, etc.

Les processions, dont l'usage est très-ancien, étaient toujours l'occasion des divertissemens du tems du paganisme; mais dans la suite elles se firent avec décence et retenue.

Sous Charles VII, on jouait les mystères de la passion et autres pièces du même genre, dont le sujet était souvent immoral.

Lors de la rentrée en France de Louis XI, on remarqua plusieurs belles filles déguisées en Syrènes et toutes nues, chantant de petits motets de bergerettes fort jolis et fort doux.

L'entrée d'Anne de Bretagne offrit aux Parisiens un spectacle très-magnifique. Les officiers municipaux poussèrent l'attention si loin pour les dames et les demoiselles du cortége, qu'ils avaient placé de distance en distance une douzaine de femmes qui tenaient des pots de chambre prêts pour les dames et demoiselles qui en auraient besoin. C'était pousser loin la galanterie.

Sous Charles V, à son entrée à Paris, on imagina, pour la première fois, une fontaine qui distribuait l'hypocras au peuple.

Plus tard, à celle de Charles VI et d'Isabeau de Bavière son épouse, on établit plusieurs fontaines d'où découlait du vin.

A l'entrée de Charles VII, on construisit, rue Saint-Denis, une fontaine qui fournissait du lait, du vin rouge et du vin blanc. On voit, en parcourant les différentes annales, qu'à toutes les entrées des rois, des princes et princesses, leurs mariages ont été, de tout tems, des sujets de divertissemens pour le peuple à qui l'on faisait payer les plaisirs, sans, pour ainsi dire, qu'il s'en doutât.

Mais ces sortes de divertissemens n'étaient plus dignes des hommes qui, tous les jours, se civilisaient et s'instruisaient réciproquement. D'ailleurs, le naturel perçait partout : ces plaisirs étaient devenus insipides, rebutans même pour la plupart; les têtes girouettes tournèrent et s'arrêtèrent un moment sur de nouveaux objets, tels que des comédies, des opéras, des bals bien ordonnés, etc.; et tous les jours nous avons la preuve qu'en tout tems, en tout pays, en toute saison, par la pluie comme par le beau tems, les hommes furent des girouettes.

CHAPITRE XIV.

Des Exercices et des Divertissemens militaires.

Les tournois, au tems de la chevalerie, étaient fort à la mode; mais ces exercices étaient dangereux : n'importe, ils amusaient le peuple. Henri II y fut blessé mortellement, ainsi qu'Henri de Bourbon-Montpensier, prince du sang. On sait qu'il était d'usage que les dames y assistassent, et que là elles donnassent à leurs chevaliers une boucle de cheveux, un bracelet ou toute autre pièce de leur habillement qui, pour l'ordinaire, était riche et bien orné de pierreries.

On a vu, dans un de ces tournois, les dames et demoiselles tellement dénuées de tout ce qui constituait leur habillement, qu'elles se trouvèrent presque nues; et dès qu'elles réfléchirent à leur situation, elles prirent le bon parti d'en rire les premières, et même se féliciter de s'être ainsi dépouillées pour encourager leurs chevaliers.

La course des bagues a été imaginée pour mesurer le coup de lance dont les chevaliers se servaient dans les tournois. Cet exercice existe encore parmi nous, ou plutôt nous n'en avons plus que le simulacre dans les jeux où l'on voit quatre petits chevaux de bois montés par autant de cavaliers ayant chacun à la main une petite lance avec laquelle ils doivent enfiler une bague suspendue à une manivelle, en galoppant ou du moins en tournant autour d'elle.

Tous ces carrousels, ces tournois et autres spectacles du même genre sont abandonnés depuis long-tems par l'inconstance des hommes.

CHAPITRE XV.

Des Fêtes publiques.

Le 1.er de l'an était une fête solennelle chez les anciens Gaulois ; le gui de chêne se recueillait par les druides avec de grandes cérémonies. Dans la France moderne, ce jour et les suivans étaient consacrés aux complimens et aux cadeaux que l'on faisait sans prétention d'en recevoir en échange.

Cela ne se fait plus ainsi aujourd'hui ; il est rare qu'on ne rende pas cadeau pour cadeau, à moins que ce ne soit des bonbons aux enfans.

La fête des Rois tire son origine des Saturnales des Romains. Les Grecs mêmes choisissaient par le sort un roi de la table, qui seul commandait et ordonnait ce qu'il voulait pour amuser les convives.

Chez les juifs, celui qui était élu roi recevait une couronne de fleurs qu'on lui posait sur la tête, et qu'il devait garder pendant le repas. Tout cela est changé aujourd'hui.

L'origine du carnaval remonte jusqu'aux Saturnales, Bacchanales, aux Lupercales, fêtes si bien observées chez les Romains. Les mascarades et les déguisemens que nous voyons chaque année en France n'en sont plus qu'un très-faible simulacre : ce n'est, pour ainsi dire, qu'une joie forcée et d'habitude ; on veut imiter la jeunesse qui ne réfléchit à rien et qui s'abandonne aux plaisirs du moment qui autorise les réunions ; on se chatouille pour s'égayer, et le soir on se demande si l'on s'est amusé pendant le jour.

Les réjouissances du 1.er de mai nous viennent encore des Romains. Dès l'aurore de ce jour les jeunes gens allaient

cueillir dans la campagne des rameaux verts qu'ils appor-
taient en cérémonie dans la ville ; ils en ornaient les portes
de leurs parens et amis, et des personnes de distinction,
même de leurs belles.

Cette jeunesse trouvait à son arrivée des tables dressées
dans les rues et garnies de toutes sortes de mets, et de bons
vins.

Toutes ces cérémonies sont à vau-l'eau. Qu'a-t-on gagné
à faire les girouettes ? Des vapeurs et de l'ennui, qui ont
chassé la vraie et franche gaieté.

Les feux de la Saint-Jean, fondés sur ce qui est dit dans
l'ancien Testament : « Que les nations se réjouiront à la
naissance de Jean, » sont anéantis partout : le peuple paie
toujours et ne rit plus.

Le tems de la moisson offrait jadis des fêtes et des divertissemens, surtout quand la récolte était bonne ; il n'en reste
plus rien, sinon qu'on distribue, dans quelques endroits,
des petits gâteaux au lait et un peu de bière ou de vin
nouveau.

La vendange fut de tems immémorial l'époque où l'on
était dans la joie. Mais comment aujourd'hui se réjouir,
même dans l'abondance, quand on est entouré d'inquisiteurs
qui dévorent d'avance la plus sûre partie de votre récolte,
surtout si vous êtes contraint de la vendre aussitôt qu'elle
est dans les tonneaux, à défaut de moyens pour la conserver
et en tirer un meilleur parti quelques années après ?

Nos foires actuelles sont un diminutif de celles établies
par Charlemagne et les rois qui lui ont succédé.

Les barbiers et perruquiers furent les premiers qui vendirent
du café ; c'était chez eux que les oisifs se rassemblaient pour
causer et débiter des nouvelles. Mais les limonadiers leur
enlevèrent leurs pratiques qui trouvèrent chez eux un local

plus agréable et d'autres avantages. On veut toujours être mieux qu'on est : l'inconstance est née avec les hommes.

Les spectacles, les jeux et les divertissemens anciens ne ressemblent plus en rien à ceux que nous avons aujourd'hui. Les ménestrels, les troubadours n'existent plus. Saint-Louis fit un réglement, et établit des droits d'entrée à Paris sur divers objets, et l'un des articles du tarif porte : « Que tout « jongleur qui fera entrer un singe dans la capitale, lui fera « faire quelques cabrioles et gambades devant le douanier « qui devra se contenter de ce spectacle pour le paiement « des droits. » C'est de là qu'est venue l'expression prover- biale, *Payer en monnaie de singe.*

Ces jongleurs, ainsi que les chanteurs et les ménétriers ayant porté leurs jeux jusqu'à la licence la plus effrénée, furent condamnés à diverses peines, et s'éteignirent insen- siblement, ainsi que les pèlerins qui vinrent après jouant des scènes ; les unes tirées de l'Écriture sainte, les autres de sujets scandaleux, et tous firent place à des acteurs qui jouèrent des pièces de théâtre des meilleurs auteurs de l'é- poque. L'inconstance ici a conduit à la perfection.

La chasse était un des plaisirs favoris des Grecs, et même des Romains ; mais bientôt ces derniers méprisèrent ce noble amusement. Cette nation guerrière et usurpatrice, cherchant sans cesse à s'agrandir, regarda cette distraction comme in- digne d'elle, et sembla rougir de poursuivre des bêtes.

Cependant la chasse fut, depuis cette époque jusqu'à présent, le divertissement des rois et des grands seigneurs, qui prétendaient qu'eux seuls en avaient le droit ; ils en étaient si jaloux que beaucoup d'entre eux firent subir des peines affreuses et même la mort aux personnes qui chas- saient sur leurs terres. Louis XIV fit des réglemens à ce sujet en 1669, auxquels il annexa le droit de pêche, et rendit une ordonnance à la suite de laquelle se trouve le code pénal contre ceux qui étaient trouvés chassant sans permission des propriétaires.

De nos jours, une loi a établi un droit de port d'armes ; mais il n'est pas assez élevé pour empêcher les braconniers de le payer, afin de pouvoir exercer leur métier.

Mais ce divertissement n'est plus ce qu'il était dans le principe où l'on allait à la chasse pour sa subsistance, ainsi que le font encore les sauvages. On ne chasse plus au faucon et peu le cerf ; on se borne aux gibiers et aux oiseaux , et le peuple n'y touche guère que des yeux , ses moyens ne lui permettent pas d'en avoir sur sa table comme en usaient nos ancêtres : tout est changé pour lui à cet égard , comme à beaucoup d'autres choses dont il est privé à défaut de fortune ; les grandes girouettes envahissent tout ; il a beau en gémir, on ne lui permettrait pas aujourd'hui de tirer un chevreuil , un levreau , ni même des allouettes pour s'en régaler. Du lard , du lard : c'était , dans l'origine , le mets chéri des rois et des grands.

CHAPITRE XVI.

Des différens Jeux pratiqués en France.

Les premiers sont les jeux d'exercice , mais ils sont loin de ressembler à ceux des Grecs , tels que la course à pied et en char, la lutte, le pugilat, le disque, etc., tous en vogue chez les Romains qui les trouvèrent établis dans les Gaules. Il n'est guère resté en France que la paume, encore ce jeu est-il passé de mode depuis long-tems.

Les jeux d'échecs, de trictrac, de wisch , de reversis, de billard, sont à peu près les seuls qui nous soient restés du grand nombre de ceux qui se jouaient dans les tems anciens, encore y a-t-on fait divers changemens, tant les hommes sont girouettes.

Tout le monde sait que c'est en France, sous Charles VI, que les cartes ont été inventées, afin de le distraire dans ses infirmités. Le jeu de piquet le fut en même tems, ainsi que quelques autres qui nous sont également restés, mais non comme on les jouait dans le principe. Nouvelles preuves d'inconstance, et de l'origine des girouettes qui date des premiers siècles.

POST-SCRIPTUM.

Si nous voulions ajouter au tableau des girouettes que nous venons de tracer et de placer dans un cadre très-étroit l'esquisse de celles que nous voyons tous les jours faire mille et mille pirouettes, nous ne pourrions terminer notre ouvrage de long-tems.

Si nous voulions désigner les hommes girouettes par leurs couleurs et leurs noms, et si nous les exposions aux regards des aristarques du moment actuel, nous aurions bon nombre de procès à soutenir, et des débats qui deviendraient pour nous une source de tribulations que nous voulons éviter.

En présentant le tableau très-concis de l'inconstance des hommes de tous les tems, nous n'avons eu d'autre intention que celle d'occuper nos loisirs, dans l'espoir néanmoins que notre travail trouverait des lecteurs indulgens et assez bons pour penser que nul autre motif n'a dicté ce faible ouvrage que celui d'être utile aux ouvriers laborieux, sans ouvrage, et dignes d'intérêt.

Il eût pu être très-piquant si nous eussions passé en revue tous les hommes girouettes que nous connaissons et que nous avons sous les yeux. Nous en voyons tous les jours faire nombre de pirouettes, de gambades, de courbettes, et tourner tantôt au midi, tantôt au nord, à l'est ou à l'ouest, sans jamais pouvoir se fixer, ne se trouvant bien qu'où ils ne sont pas ; désapprouvant tout ce que font les autres ; blâmant indistinctement les bons et les méchans ; critiquant, mordant ceux qu'ils préconisaient et qu'ils élevaient jadis jusqu'aux nues ; ne trouvant bon que ce qu'ils font ; dénonçant à tort et à travers, et ceux-ci et ceux-là, pour envahir leurs places, la plupart incapables de les remplir quand ils les possèdent.

Il eût été curieux de montrer au grand jour ces hommes girouettes criant, piaillant sans cesse contre ceux qui sont aux premiers rangs, afin d'y être portés, et qui, dès qu'ils y sont, deviennent sourds et muets en face de ceux qui, mieux instruits, savent se remuer et tourner en tous sens, et leur rire au nez :

Tel brille au second rang qui s'éclipse au premier.

« Mon ami, disait Voltaire à son perruquier qui l'avait prié d'examiner une comédie qu'il avait faite, mon ami, *faites des perruques, faites des perruques.* » Ne sortons pas de notre sphère, il y a trop de dangers et de chances à courir.

Tout nous prouve enfin que, quelque pays qu'on habite, quelque part qu'on aille, quels que soient les hommes que l'on fréquente, que partout on voit des girouettes muettes et parlantes ; qu'il y en a eu dès le commencement du monde et qu'il y en aura éternellement : d'où nous concluons qu'il faut user, autant que possible, de celles qui se dirigent vers le beau tems, sans pourtant trop compter sur leurs mouvemens et leurs pirouettes qui ne sont pas plus sûrs que les baromètres.

Ainsi que les saisons, les hommes changent sans cesse de situation ; le goût de l'inconstance est leur élément, et le

Créateur peut seul en retremper l'espèce, ou l'anéantir pour
en créer une nouvelle qui soit sans défaut.

L'apologue qui suit vous prouvera, Mesdames, que le
besoin de changer de situation est inné chez les hommes et
même chez les animaux.

APOLOGUE.

LES BERGERS, LES MOUTONS ET LES CHIENS.

FABLE.

Dans de tristes guérets dépouillés de moissons,
Deux bergers conduisaient deux troupeaux de moutons,
Escortés de deux chiens, alertes sentinelles,
Aux yeux étincelans, aux ardentes prunelles,
Veillant, l'oreille au guet, sur ces êtres bêlans,
Tournant, japant, courant, ou marchant à pas lents.
A quelques cents pas d'eux les bergers s'arrêtèrent,
Et là paisiblement tous deux ils déjeûnèrent ;
   Ils n'avaient là café, ni chocolat,
   Ni vin, ni même un peu de cervelat,
Mais du pain noir bien sec, et la petite goutte,
Ce qui leur suffisait pour arroser la croûte.
Les deux chiens clairvoyans, soit instinct, soit hasard,
S'élancent tout d'un trait pour en avoir leur part.
Un belier, à l'œil louche, aux cornes menaçantes,
Amant superbe et fier des brebis innocentes,
Profitant du moment que les dieux leur offraient
Pour se plaindre des maux que sans cesse ils souffraient :
« Camarades, dit-il, à la troupe moutonne,
On déjeûne là-bas, voyez ce qu'on nous donne ?

De la terre à lécher du matin jusqu'au soir,
Car de l'herbe en ces champs nul de nous n'en peut voir.
Nos maîtres sont ingrats, barbares et perfides,
Ils deviennent tyrans en nous voyant timides ;
Chaque jour de la vie, abusant de leurs droits,
Ils nous font regretter de vivre sous leurs lois ;
Cependant, tous les jours, par mille sacrifices,
Nous leur rendons à tous de signalés services :
Que feraient-ils sans nous dans la froide saison,
S'ils ne nous privaient pas d'une chaude toison
Dont ils se couvrent tous, et surtout les malades ?
On nous tond, nous souffrons bon nombre de taillades ;
Nous les voyons ravir le lait de nos agneaux
Pour le vendre au public, comme ils font de nos peaux ;
Et si l'on nous engraisse à notre bergerie,
C'est pour aller de là droit à la boucherie....
Voilà, mes chers amis, le sort que nos tyrans
Réservent à tous ceux qui vivent dans nos rangs ;
Il faut nous affranchir de cet état horrible,
Il faut nous révolter, je deviendrai terrible....
Si vous me secondez, je vous mène à l'instant
Dans des prés bien fleuris où nous irons broutant,
Où nous vivrons en paix, à moins que nos *bons* maîtres
Viennent nous y troubler à l'exemple des traîtres...
Toi, Belier, mon second, qui vas le corps traînant,
Montre-toi courageux et sois mon lieutenant.
— Je crois, dit celui-ci, qu'il vaut bien mieux se taire
Que d'aller entreprendre une mauvaise affaire ;
On pourrait la tenter, mais comment en sortir ?
Maîtres, bergers et chiens nous feraient tous périr.
— Ne crois pas qu'avec nous ils seront à la fête :
N'as-tu pas comme moi des cornes à la tête ?

Du courage, marchons, traversons tous ce bois
Qui nous masque les prés que de loin j'aperçois ;
Il faut vaincre ou mourir pour sortir d'esclavage :
De tous les animaux la mort est le partage.
Eh ! ne vaut-il pas mieux être mangé des loups
Que de périr de faim, écrasés sous les coups ?... »
Les deux troupeaux émus, approuvant de la langue
L'orateur courageux et sa belle harangue,
Franchissent avec lui le bois voisin du pré
Où tous et chacun d'eux allait vivre à son gré.
Mais à peine étaient-ils dans ce lieu de délices,
Que déjà les bergers préparaient leurs supplices,
Et bientôt, en avant, les chiens lancés sur eux,
Frappant, criant, mordant, font un ravage affreux ;
Bientôt aussi les chefs de la gente moutonne
Font tête aux ennemis, à la mode bretonne :
L'un d'eux est assommé, un second écrasé,
Et les pauvres bergers ont l'estomac brisé,
Et, n'ayant d'autre espoir que de battre en retraite,
Ils s'en vont tout honteux raconter leur défaite.
Les maîtres, les valets viennent s'en assurer,
Armés jusques aux dents, prêts à tout massacrer.
Le plus vaillant belier au-devant d'eux s'avance,
Et leur dit d'un ton fier, noble et plein d'assurance :
« Vous venez, je le vois, pour tuer vos moutons,
Et par un tel forfait tirer sur vos pigeons.
Sans eux que seriez-vous ? De pauvres mercenaires,
Végétant, ne touchant que de minces salaires.
— Insolent, nous voulons qu'en tête du bétail
Tu conduises en paix nos moutons au bercail.
Vous nous appartenez tous, et vous allez l'apprendre,
En vain vous nous bravez, marchez, il faut vous rendre.

— Nous rendre , dites-vous ? Ce mot n'est pas français.
Vous combattre ou mourir, mais nous rendre ! jamais ! [1]
Ecoutez : Nous savons que , tous tant que nous sommes ,
Il faut sauter le pas , ainsi que tous les hommes.
Et qu'importe à la fin qu'on soit mangé des loups ,
Ou qu'on meurt en détail en souffrant comme nous ?
On ne peut s'en défendre et force est d'y souscrire.
A ce raisonnement vous n'avez rien à dire.
Composons , croyez-moi , nous y gagnerons tous :
Donnez-nous de quoi vivre et nous sommes à vous....
— Fort bien , si nous vendions les draps de votre laine ;
Mais le commerce est mort , nous sommes à la gêne.
Il vous faut tous attendre un moment plus heureux ;
Nous ne pouvons , pour vous , être plus généreux....
— C'est votre dernier mot , détestable égoïste ?
Eh ! bien , vous allez voir, si votre cœur persiste
A nous traiter ainsi , jusqu'où le désespoir
Peut porter l'injustice et l'abus du pouvoir. »
Aussitôt le belier sur son maître s'élance ,
D'un seul coup le terrasse et le force au silence.
La bataille s'engage et les coups de fusils
Tombent sur les moutons et les pauvres brebis.
Le maître s'épouvante au bruit de la mitraille ,
Et demande à grands cris qu'on cesse la bataille.
« Amis , dit-il aux siens , il faut capituler :
Voyons ce qu'il veut faire et laissons-le parler...
— Nous ne demandons rien que saine nourriture ,
Et nous ne voulons plus de chétive pâture.
— Jurés tous à l'instant , dit le chef des moutons ,
D'observer le traité qu'ici nous proposons.

[1] Allusion à la réponse sublime d'un général français digne d'un Romain ,
à la bataille de Waterloo.

— Oui , oui , nous le jurons. Que chacun se rassemble ,
La paix soit entre nous , et partons tous ensemble. »

O vous que la fortune a comblés de ses dons ,
Égoïstes cruels , indignes de pardons ;
Hommes ambitieux , inhumains par essence ,
De richesses gorgés , vivant dans l'abondance ,
Notre apologue ici vous donne une leçon
Que vous honorerez du titre de chanson ;
Et loin d'en profiter vous pourrez bien en rire ;
Mais tremblez , car le ciel peut aussi vous maudire :
Les hommes à ses yeux ont tous les mêmes droits ,
Et lui seul a créé les bergers et les rois.

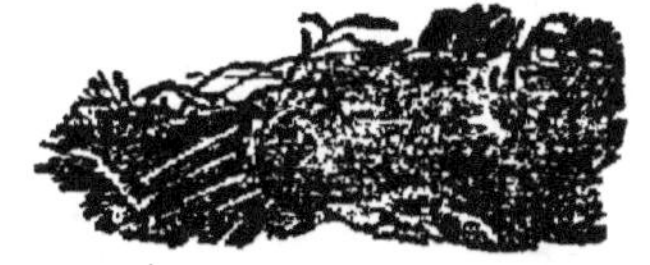

GIROUETTES DU JOUR.

DIALOGUE.

LE POUVOIR ET LE SUPPLIANT.

LE SUPPLIANT (*d'un air humble et timide*).

Monseigneur....

LE POUVOIR.

Monsieur, je ne donne pas audience aujourd'hui, mais demain.

LE SUPPLIANT.

Je le sais, Monseigneur.

LE POUVOIR.

Pourquoi donc vous présenter aujourd'hui?

LE SUPPLIANT.

Pardon, Monseigneur, c'est que demain vous aurez beaucoup de monde, et que je crains de ne pouvoir vous présenter ma pétition.

LE POUVOIR.

Je les reçois toutes.

LE SUPPLIANT.

C'est vrai, Monseigneur; mais souvent vos grandes occupations vous empêchent de les examiner, et votre secrétaire les jette dans la boîte aux oublis. J'ose vous supplier de ne pas faire subir le même sort à la mienne. (*Il la lui présente.*)

LE POUVOIR (*sans la lire*).

Que demandez-vous?

LE SUPPLIANT.

Une petite place, Monseigneur, où je puisse travailler pour donner du pain à ma famille.

LE POUVOIR.

Vous êtes marié?

LE SUPPLIANT.

Oui, Monseigneur, et j'ai six enfans réduits à la misère, qui ne vivent que des secours de quelques âmes charitables qui en ont pitié.

LE POUVOIR.

Six enfans! Êtes-vous fou? Est-ce qu'on a six enfans quand on n'a pas de quoi les nourrir? (*A part.*) Ces gens là pullulent comme des hannetons.

LE SUPPLIANT.

J'ai compté sur la Providence comme je compte aujourd'hui sur vos bontés.

LE POUVOIR.

Mais ces enfans sont-ils tous à vous?

LE SUPPLIANT.

Je le crois, Monseigneur, du moins ma femme me l'a dit.

LE POUVOIR.

On fait prudemment de croire ces choses-là, quoiqu'on sache bien à quoi s'en tenir. Au fait, à quoi peut-on vous employer?

Le Suppliant.

En qualité de secrétaire ou de chef de bureau dans une préfecture ou toute autre administration, places que j'ai exercées alternativement depuis plus de quarante ans, et dont on m'a privé bien injustement.

Le Pouvoir.

On dit toujours cela; mais je crois que vous avez été inconstant, que jamais vous n'avez été content du sort dont vous jouissez. Vous avez été girouette comme tant d'autres.

Le Suppliant.

Bien malgré moi, Monseigneur; à chaque changement de gouvernement on me mettait à la porte, en me reprochant d'avoir prêté serment de fidélité à celui qu'on venait de renverser.

Le Pouvoir.

D'après cela, je vois que vous avez prêté beaucoup de sermens.

Le Suppliant.

Oui, Monseigneur, comme contraint et forcé, à l'exemple de tous les fonctionnaires publics.

Le Pouvoir.

Mais vous ne savez donc pas de quelle importance est un serment, et à quoi il oblige?

Le Suppliant.

Pardonnez-moi, Monseigneur; il oblige à remplir religieusement et avec probité sa promesse.

Le Pouvoir.

Et malgré cela, vous avez plusieurs fois manqué à votre parole, et vous avez sans doute pensé qu'on pouvait fausser son serment impunément?

(64)

Le Suppliant.

Non, Monseigneur; je crois, au contraire, que celui qui l'a trahi et qui est reconnu pour tel, est indigne de toute confiance, et mérite d'être méprisé.

Le Pouvoir.

Ainsi donc on fait fort bien de ne plus se fier à l'homme qui nous a trompé?

Le Suppliant.

Sans doute, Monseigneur.

Le Pouvoir.

Dans quelles circonstances avez-vous été invité à faire des sermens?

Le Suppliant.

A chaque bouleversement du gouvernement, ainsi que je viens d'avoir l'honneur de le dire à Monseigneur, à la république, au consulat, à l'empire, à Louis XVIII, puis, un peu après, à l'empire; à la restauration royale de Louis XVIII, ensuite à sa charte et à Charles X, etc., et tout cela de bonne foi, persuadé que c'était pour le bien général, et que tous ces grands pouvoirs-là étaient francs et sincères. Il paraît qu'on a vu, trop tard, qu'ils nous trompaient; mais tous n'ont pas moins été culbutés, et m'ont entraîné dans leur chute.

Le Pouvoir.

Ils l'ont mérité sans doute; c'était autant de girouettes qui n'ont pas su se fixer au beau ou du moins au tems moyen. Mais si l'on vous accordait aujourd'hui une nouvelle place, feriez-vous consciencieusement serment de fidélité à notre Roi-Citoyen?

Le Suppliant.

Du meilleur de mon cœur, parce que je suis intimement

persuadé que si on ne le tourmente pas, il fera le bonheur des Français.

LE POUVOIR.

Fort bien ! Quel âge avez-vous ?

LE SUPPLIANT.

Quarante-cinq ans, Monseigneur.

LE POUVOIR.

Et votre femme ?

LE SUPPLIANT.

Trente, Monseigneur, et tous deux disposés à vous donner des preuves de notre respectueux dévoûment.

LE POUVOIR.

Envoyez-la moi après-demain dès le matin, je lui remettrai une commission pour exercer l'emploi auquel je vous crois propre, et vous serez content.

LE SUPPLIANT.

Grand merci, Monseigneur, vous pouvez être assuré que je ne ferai la girouette qu'autant qu'on m'y forcera ; mais j'espère que notre roi Philippe tiendra bon. C'est le vœu de tous les vrais Français qui aiment la paix et qui désirent sincèrement de les voir tous heureux.

LE JEU N'EN VAUT PAS LA CHANDELLE.

CHANSON NOUVELLE.

———

Air *du Petit Matelot* (Opéra),
ou *Quand ce héros allait en guerre.*

Vous qui briguez l'honneur insigne
D'être reçus chez tous les grands,
Et qui tremblez au moindre signe
Que vous font ces petits tyrans ;
Toujours prêts dès qu'on vous appelle,
Vous les servez comme des dieux....
Le jeu n'en vaut pas la chandelle :
Comment n'ouvrez-vous pas les yeux ? *bis.*

Depuis long-tems je vous admire
Dans tous leurs cercles si vantés,
Et vraiment pour vous je soupire
De vous voir aussi mal plantés.
Qu'obtenez-vous de tant de zèle ?
Un coup d'œil, un souris glacé....
Le jeu n'en vaut pas la chandelle :
L'honneur est là bien déplacé. *bis.*

C'est bien pis, lorsqu'à votre table
Ces grands seigneurs daignent s'asseoir ;
Trop flattés d'un honneur semblable,
Que d'apprêts pour les recevoir !

Vins de Bourgogne ou de Tavèle,
Mets exquis leur sont prodigués....
Le jeu n'en vaut pas la chandelle;
Ah! ma foi, vous extravaguez.   *bis.*

Avez-vous femme ou fille aimable?
Vous les verrez souvent chez vous :
De cette visite honorable
Vous vous targuez, pauvres époux !
Tandis que votre honneur chancelle,
Vous vous bercez d'un fol espoir....
Le jeu n'en vaut pas la chandelle :
Vous donnez dans le pot au noir.   *bis.*

Je ne suis ni Turc ni Sauvage,
Et je respecte tous les grands;
Mais en homme prudent et sage,
Je les distingue dans leurs rangs :
Vouloir leur montrer trop de zèle,
Ou les singer en cent façons !
Le jeu n'en vaut pas la chandelle....
C'est s'exposer à mille affronts.   *bis.*

Pour être heureux dans cette vie,
Il faut vivre avec ses égaux ;
Il faut se choisir une amie
Qui partage nos biens, nos maux.
Mais être esclave d'une belle,
Ou dîner chez les demi-dieux !
Le jeu n'en vaut pas la chandelle :
Repas d'amis vaut cent fois mieux.   *bis.*

LE PÉNITENT

A CONFESSE.

LE PÉNITENT.

Je viens, mon révérend Père, vous prier de me confesser.

LE RÉVÉREND.

Très-bien, mon Fils, je suis prêt à vous entendre.

LE PÉNITENT.

Comme il y a long-tems que je ne me suis présenté au tribunal de la pénitence, ayant passé vingt ans de ma vie aux armées, je ne me rappelle plus par où je dois commencer.

LE RÉVÉREND.

Par le *Confiteor,* mon Fils.

LE PÉNITENT.

Je l'ai totalement oublié.

LE RÉVÉREND.

Je vais vous l'apprendre. Répétez après moi : *Confiteor Deo omni potenti....*

LE PÉNITENT.

Confiteor Deo omni potenti.

LE RÉVÉREND.

Benè, mon Enfant, *benè.* Commencez.

LE PÉNITENT.

Il est tant de circonstances où l'homme peut pécher que

j'aurais beaucoup de peine à me les rappeler : auriez-vous la bonté de m'interroger sur chacune d'elles, afin de n'en point oublier? je vous répondrai franchement par oui ou par non.

Le Révérend.

Je le veux bien; mais soyez sincère, et croyez que vous trouverez en moi un confesseur tolérant qui sait excuser les faiblesses humaines.

Le Pénitent.

Je compte sur votre indulgence.

Le Révérend.

Comptez surtout sur la justice et la clémence de Dieu qui reçoit toujours avec bonté le pécheur qui revient à lui ; soyez recueilli et bien attentif. Êtes-vous marié?

Le Pénitent.

Non, mais je suis à la veille de l'être.

Le Révérend.

Connaissez-vous bien les devoirs d'un époux? êtes-vous bien pénétré des engagemens qu'il contracte en se mariant?

Le Pénitent.

Oui, mon Révérend.

Le Révérend.

N'allez-vous pas vous marier par intérêt, comme on voit tant de gens aujourd'hui?

Le Pénitent.

Non, mon Révérend; je n'ai d'autre désir que celui d'avoir une compagne aimable qui partage mes plaisirs et mes peines, et je crois l'avoir trouvée : elle a peu de fortune ; mais avec ma pension nous serons heureux.

Le Révérend.

Surtout si la personne de votre choix est vertueuse.

Le Pénitent.

C'est la vertu même, et je suis certain qu'elle sera la meilleure des mères.

Le Révérend.

Elle sera ce qu'elle doit être, mon Fils, et cela dépend très-souvent de la conduite d'un mari, car il expose par fois sa compagne à faire plus que des imprudences quand il la délaisse et manque à la foi qu'il lui a jurée : on voit cela tous les jours.

Le Pénitent.

Ce ne sera pas dans mon ménage, je vous en réponds.

Le Révérend.

Je le souhaite.... Mais commençons. Croyez-vous sincèrement en Dieu ?

Le Pénitent.

Oui, mon Père, et je n'ai aucun doute à cet égard, parce qu'il me suffit d'admirer l'harmonie qui règne au ciel et sur la terre pour être convaincu qu'une merveille aussi sublime n'a pu se créer d'elle-même, que rien ne se fait de rien, et que l'univers ne peut être que l'ouvrage d'un Être suprême qui est l'éternel.

Le Révérend.

C'est bien penser : mais lui rendez-vous grâce de ce qu'il vous a fait naître pour admirer sa toute puissance et vous mettre à même de jouir des bienfaits qu'il répand sur la terre ?

Le Pénitent.

Je l'en remercie chaque jour.

Le Révérend.

Et chaque jour vous l'offensez.

LE PÉNITENT.

Pardon, mon Père, je ne suis pas d'accord avec vous, ni même avec le sage qui a dit que l'homme péchait jusqu'à sept fois le jour ; car, pourvu qu'on ne puisse m'accuser d'avoir commis un seul des sept péchés capitaux, ma raison me dit que le reste ne vaut pas la peine qu'on en parle, et que Dieu ne daigne pas y faire attention.

LE RÉVÉREND.

Si l'on vous en croyait, on vous prendrait pour un saint : ils sont rares parmi les militaires.

LE PÉNITENT.

On en a canonisé qui n'avaient pas mené une conduite aussi régulière que la mienne.

LE RÉVÉREND.

Ils avaient fait pénitence.

LE PÉNITENT.

En a-t-on à faire quand on n'a rien à se reprocher ?

LE RÉVÉREND.

Je ne crois pas qu'il y ait un seul homme dans ce cas. Poursuivons ; je vais vous le prouver.

LE PÉNITENT.

Je vous écoute.

LE RÉVÉREND.

N'avez-vous jamais fait à autrui ce que vous ne voudriez pas qu'on vous fît à vous-même ?

LE PÉNITENT.

Votre question embrasse des objets à l'infini.

LE RÉVÉREND.

C'est la base de toutes les religions. Interrogez bien votre conscience, et bientôt, j'en suis sûr, vous serez convaincu que dans nombre d'occasions vous vous êtes écarté de ce principe fondamental.

Le Pénitent.

Cela est possible ; mais si je n'ai pas eu l'intention d'offenser la divinité ni les hommes, alors je ne suis pas coupable.

Le Révérend.

Vous êtes dans l'erreur : nous naissons tous avec des passions qui souvent nous emportent au-delà des bornes ; et si nous ne faisons pas des efforts pour nous maîtriser, nous nous exposons à commettre bien des fautes et même parfois des crimes.

Le Pénitent.

J'ai toujours su les éviter, et la raison chez moi a été la plus forte ; je ne sache pas enfin que j'aie jamais causé la moindre peine à un enfant, ni à qui que ce soit.

Le Révérend.

Vraiment vous êtes un petit saint, un ange même ; mais vous ne me persuaderez pas ; je connais trop bien le cœur humain. Je veux croire que vous n'avez commis aucun crime, que toujours vous vous êtes conduit avec sagesse, même avec les femmes, sexe faible dont il est si facile d'abuser ; mais, n'avez-vous jamais médit ni calomnié votre prochain ?

Le Pénitent.

Je ne le crois pas.

Le Révérend.

Cela est vraiment miraculeux. Quelle est votre profession depuis que vous avez quitté le service ?

Le Pénitent.

Je travaille *pro deo* dans les administrations charitables, et comme je n'y suis pas toujours occupé, je m'amuse à composer des mémoires sur le bien public, des chansonnettes, des comédies de circonstances, et toujours au nom de mes concitoyens; j'en ai dédié à tous nos souverains, aux braves de nos armées, à Louis-Philippe, notre roi-citoyen, chéri de tous les vrais Français qui aiment l'ordre et la paix.

LE RÉVÉREND.

On ne peut mieux employer son tems; et sans doute vous espériez obtenir d'eux quelque place, quelque faveur?

LE PÉNITENT.

Nullement; je me faisais un plaisir d'être l'interprète et l'organe de mes concitoyens, sans autre intention; malgré cela, il s'est trouvé des gens assez méchans pour me reprocher d'avoir flatté et félicité tous ces princes, comme si eux-mêmes ne les eussent pas portés en triomphe au moment de leur gloire et de leur élévation.

LE RÉVÉREND.

. *O tempora, o mores*, mon Fils; mais ce que vous avez fait, des milliers d'autres l'ont fait de même, et nous en voyons beaucoup dans les plus hauts emplois, au sénat et partout, décorés, chamarés et gorgés des dons de la fortune, ou plutôt des fonds de l'État. Or, les reproches qu'on vous fait ne sont pas fondés.

LE PÉNITENT.

C'est ce que je dis tous les jours, et je suis bien aise que vous pensiez comme moi.

LE RÉVÉREND.

Je dis plus, mon Fils, il y a de la bassesse à faire un crime à tel ou tel d'avoir servi ou célébré l'empereur ou le roi pendant leur règne. Si on a été trompé sur le compte de l'un ou de l'autre, on ne doit s'en prendre qu'à leurs perfides conseillers, et non à ceux qui ont été leurs dupes; et sous ce rapport, mon Enfant, votre conscience doit être en repos.

Le Pénitent.

Aussi, ne me reproche-t-elle rien; et si tout à l'heure, ce dont Dieu veuille nous préserver, Louis-Philippe abandonnait les rênes de l'État, le trône où les Français l'ont placé, on élevait sur le pavois un nouveau roi, je ne me ferais aucun scrupule de le chanter et de vanter les vertus que je lui supposerais.

Le Révérend.

Vous seriez d'accord avec toute la France, à quelques républicains près qui voudraient gouverner seuls, et nous jeter dans l'anarchie.

Le Pénitent.

Je suis vraiment enchanté de vous entendre. On m'avait bien dit que je ne pouvais m'adresser à un confesseur plus raisonnable et plus tolérant que vous.

Le Révérend.

Tous devraient l'être : les hommes ne sont point parfaits et ne le seront jamais; Dieu seul l'est.

Le Pénitent.

Vous ne voyez donc aucun mal à écrire en l'honneur des princes qui nous gouvernent?

Le Révérend.

Non sûrement, tant qu'ils se conduisent bien et qu'ils rendent leur peuple aussi heureux que possible; c'est ce que tous devraient faire, car ils ne sont, dans le droit, que les chefs, les mandataires choisis par le peuple qui travaille sans cesse pour le soutien de leur couronne, et qui fournit les défenseurs du trône et de la patrie. Au surplus, sous quelque gouvernement que l'on soit, il faut en respecter les usages et les lois, sauf à en demander la rectification si la majorité des citoyens en souffre .. Mais je m'aperçois qu'au lieu de parler de votre confession, nous dissertons sur la politique : nous ne sommes plus sur notre terrain. Vous devez, mon Fils, avoir encore quelque chose à me dire.

Le Pénitent.

Je crois vous avoir tout confessé, car je regarde comme inutile de vous faire part de nombre de pécadilles qui n'ont aucune importance.

Le Révérend.

C'est selon, mon Enfant ; vous m'avez parlé de vos poésies laudatives, de vos écrits sur divers objets, mais vous ne m'avez pas dit si dans le nombre on ne rencontrerait pas quelques satires, quelques épigrammes.

Le Pénitent.

Oh! je vous avoue que cela m'est arrivé quelquefois ; mais quand ils n'ont pour but que celui de démasquer les fourbes, les traîtres ou les hypocrites, je crois que c'est faire une bonne action que de les dévoiler et de les montrer au grand jour, afin qu'on se défie d'eux.

Le Révérend.

Cela n'est pas très-orthodoxe, mon Fils, et j'aurais de la peine à vous passer cette licence-là si je ne pensais que votre intention est bonne en elle-même. Mais quelles sont les personnes que vous signalez ainsi à l'opinion publique?

Le Pénitent.

Je vous l'ai dit, mon Révérend, ce sont les méchans, les hypocrites dont la race impure gangrène la société, les tartufes enfin, les jésuites. . .

Le Révérend.

Arrêtez ! n'offensez pas devant moi des hommes de mérite qui ont rendu tant de services en France, et partout par leur érudition, leur science, leurs connaissances dans tous les genres, qui ont enfanté des miracles par leur savoir et leur esprit, et dont la religion pure doit servir d'exemple à l'univers, des prodiges enfin auxquels la reconnaissance devrait élever des autels.

Le Pénitent.

Des autels ! à des êtres pervers qui, sous le voile de la religion, séduisaient les âmes faibles et crédules, qui sans cesse tramaient des complots contre le trône dont ils dirigeaient, par leur astuce, tous les mouvemens, toutes les actions. Oh ! je n'oublierai jamais ce qu'un philosophe adressait à Louis XVI à son avénement à la couronne : « Détruisez, Sire, anéantissez cette secte exécrable, car si « elle renaissait de ses cendres, Votre Majesté ne serait « pas en sûreté sur son trône ; les rois, les gouvernans « n'ont pas de plus grands ennemis. Eux seuls veulent régner. » Et en effet, mon Révérend, à la cour tout se faisait par eux et pour eux, tant ils avaient pris d'empire sur l'esprit des souverains qui avaient eu la faiblesse de les admettre dans leur intimité. Aussi, quelles horreurs ne leur ont-ils pas fait commettre ! Quels rois n'ont-ils pas été leurs victimes !

Le Révérend.

Je vous ai laissé dire tout ce qu'il vous a plu sur le compte de ces dignes et vénérables ministres des saints autels ; mais....

Le Pénitent.

Je suis juste, mon Révérend, et je n'entends parler d'eux que collectivement ; pris à part, je suis de votre avis : il s'en est trouvé qui méritaient d'être canonisés. Mais l'esprit de corps a toujours dominé, et la plupart n'était pas digne de voir le jour : beaucoup d'entre eux réunissaient tous les vices, et répandaient le venin de leurs principes par toute la terre. Doués de l'adresse et de la prudence du serpent, il était difficile de les éviter et de ne pas tomber sous leurs coups, dès qu'ils avaient juré votre perte.

Le Révérend.

Vous blasphémez, mon Fils, et je ne pourrai, en conscience, vous donner l'absolution.

Le Pénitent.

Mais, mon Révérend, vous ne me punirez pas pour avoir dit la vérité ?

Le Révérend.

Comme je ne puis penser comme vous, je ne puis non plus partager vos opinions ; et puis, vous devez savoir que toute vérité n'est pas bonne à dévoiler : il est des mystères cachés pour les profanes.

Le Pénitent.

Pardon, mon Père, j'ai peut-être été trop loin avec vous, mais vous m'avez inspiré tant de confiance que j'ai cru pouvoir me permettre de vous montrer mon cœur à découvert ; j'ose espérer que vous ne m'en punirez pas, en me refusant l'absolution, et un billet de votre main qui prouve que je me suis confessé, car, sans cela, je ne pourrais pas me marier avec une charmante personne que j'aime autant que la vie.

Le Révérend.

A la rigueur, vous vous passerez bien de mon billet ; on n'est plus si exigeant aujourd'hui.

Le Pénitent.

Je le sais, mais ma future et ses parens tiennent beaucoup à cette soumission, et j'ai à cœur de les satisfaire.

Le Révérend.

Me promettez-vous, mon Fils, d'être plus circonspect, plus discret et réservé dans vos expressions, de rejeter comme une mauvaise pensée tout ce qui pourrait porter atteinte au respectable corps que vous venez de maltraiter ?

Le Pénitent.

Je le promets, par égard pour vous, mon révérend Père ; mais *distingo*.

Le Révérend.

Cela s'entend, nous ne parlons que de ceux qui sont sans reproches. Dites votre acte de contrition.

Le Pénitent.

Si j'ai eu le malheur d'offenser mon prochain, c'est sans aucune mauvaise intention, et j'en suis très-contrit.

Le Révérend.

Cela suffit.... *Absolvo*.... Allez en paix, mon Frère. (*Il ferme sa grille.*)

Le Pénitent.

Et le billet ! le billet !

Le Révérend.

Je l'oubliais ; venez dans ma cellule, je vous le remettrai.

Le Pénitent (*le suivant*).

Je vous suis, en vous priant d'agréer mes remerciemens, et pour vous engager à venir au repas de ma noce.

Le Révérend.

Y pensez-vous, mon Frère ?

Le Pénitent.

J'entends.... Mais, écoutez : je vous prêterai mon habit d'artilleur, et vous ferai passer pour un de mes anciens camarades.

Le Révérend.

Fort bien ! J'accepte de bon cœur. Mais, chut ! Il y a long-tems que je n'ai été à la noce, mais je n'y dormirai pas.

DIALOGUE

ENTRE CARNAVAL ET CARÊME.

CARNAVAL *(ivre et à table, se versant à boire)*.

J'ai, Dieu merci ! bien fini la journée,
Et j'en ai pris pour toute mon année.

CARÊME *(avec un visage blême)*.

Salut à monsieur Carnaval.

CARNAVAL *(bas à part)*.

Que, diable ! veut cet animal ?
(Haut et balbutiant.)
Pardon, je n'ai pas l'avantage
De connaître votre visage.

CARÊME.

Cependant tous les ans je viens vous visiter,
Et toujours je vous trouve à manger ou chanter.

CARNAVAL.

Je vous ai pris d'abord pour monsieur Jeanfarine,
Mais vous avez encore une plus maigre mine.

CARÊME.

On oublie aisément les gens qu'on n'aime pas ;
 Quand on passe le tems à boire,
 On perd volontiers la mémoire ;
Ici joyeusement vous prenez vos ébats,
 Oui : mais bientôt. . . .

CARNAVAL.

Hem ! Que voulez vous dire ?
Comme un hareng faut-il vous faire frire ?

CARÊME.

Tout doux , Monsieur, point d'humeur, s'il vous plaît :
Chacun dans ce bas monde est très-bien tel qu'il est ;
J'aurai mon tour aussi. . . .

CARNAVAL.

Benêt ! à face blême ,
Veux-tu bien à l'instant t'expliquer sans emblême ?
Cesse de me glacer avec ton air transi ,
Parle-moi sans détours , ou décampe d'ici.

CARÊME.

Bon Dieu ! bon Dieu ! modérez votre bile :
Quand on se fâche on fait un mauvais chyle ;
J'attendrai que le vin ait fait tout son effet ,
Et que l'on ait mangé ce qui reste au buffet.

CARNAVAL (*en colère*).

Enfin , t'en iras-tu , maudit chien de squelette !
Ou veux-tu par le nez recevoir mon assiette ?

CARÊME.

Je crains peu votre emportement ,
Et reste en cet appartement.

CARNAVAL (*fait un mouvement pour se lever, et retombe sur sa chaise*).
(*A part.*)
Je ne sais qui me tient qu'à cette sotte bête
Je n'aie au premier mot brisé la folle tête.

CARÊME (*riant*).

Efforts superflus !
Monsieur n'en peut plus.

CARNAVAL (*faisant un nouvel effort pour se lever*).

Oh ! c'est pousser trop loin la raillerie...

CARÊME (*riant toujours d'un ton ricaneur*).

Finissez donc cette plaisanterie.

CARNAVAL (*hors de lui*).

Tu ris, Maroufle ? Ah ! tu vas voir beau jeu....

(*Il veut encore se lever et retombe sur sa chaise*).

CARÊME (*d'un ton de persiflage*).

Allons, debout ! soutiens-toi donc un peu.
Pourquoi trembler ?

CARNAVAL.

Moi ? c'est donc de colère
De ne pouvoir te broyer comme un verre !...

CARÊME.

Tu ferais mieux d'aller te reposer ;
Il en est tems...

CARNAVAL.

Et moi, je veux jaser ;
Et s'il me faut enfin cesser de boire,
Je veux auparavant te casser la mâchoire.

CARÊME.

Crois-moi, songe plutôt à déloger :
Tu ne peux plus ni boire ni manger.

CARNAVAL (*tout à fait hors de lui, et faisant un mouvement pour prendre
une bouteille, retombe presqu'anéanti*).

(*A part, après avoir réfléchi un instant.*)

Il a raison ; il faut que je lui cède :
Je suis ivre et n'y vois nul remède,
Sinon de boire un coup avec cet escogrif....

(*D'un air de dépit*).

Je ne connus jamais d'animal plus rétif.

CARÉME.

A la fin, te voilà plus sage....

CARNAVAL.

Qui, moi ? Tu vois bien que j'enrage....
Je n'ai pas cependant plus de fiel qu'un pigeon.
Si je te connaissais, si je savais ton nom,
Peut-être en ce moment je me rendrais sans peine.
Entre nous ta figure est aussi trop vilaine,
    Et tu sens bien...

CARÉME.

            Tu t'en fâches à tort.
Sommes-nous donc maîtres de notre sort ?
Non. Tu naquis beau, tu vis dans l'abondance :
    On me fit laid, je n'ai nulle apparence ;
Je vis de peu de chose, et, content comme un roi,
Je me ris du dîner qui ne cuit pas pour moi.

CARNAVAL.

Et qui, Diable ! es-tu donc ? Tu lasses ma constance :
Mon gosier est à sec, et je perds patience.

CARÉME.

Eh bien, je suis Carême, et Carême-prenant....

CARNAVAL.

Je devais m'en douter, à ton minois dolent.

CARÉME.

Tu sais que tous les ans je viens prendre ta place ;
Il faut me la céder, ou sinon je te chasse.

CARNAVAL (*un peu dégrisé et à part*).
Le traître attend toujours que je sois aux abois,
Pour me forcer ainsi de fléchir sous ses lois.

CARÉME.

Je te sers en ami bien mieux que la bombance.
Va dormir, et demain tu feras pénitence.

RÉFLEXIONS

SUR

LA CONSTITUTION DES SAINT-SIMONIENS.

Saint-Simon, né en 1760, d'une famille qui, par les comtes de Vermandois, prétendait descendre de Charlemagne, entra au service à dix-sept ans. L'année suivante, il passa en Amérique, et y fit avec distinction cinq campagnes sous les ordres de Bouillé et de Washington ; il connut Franklin, et étudia l'organisation politique des États-Unis.

Sa vocation, dit-il dans ses ouvrages, n'était point d'être soldat ; il préféra étudier la marche de l'esprit humain pour travailler ensuite au perfectionnement de la civilisation ; il y consacra sa vie entière et toute sa fortune qui était considérable. A sa sortie de l'École polytechnique, il voyagea en Angleterre et en Allemagne dans l'intention de s'instruire, publia plusieurs ouvrages sur la réorganisation européenne, la politique, son système, etc., et mourut le 19 mai 1825.

Ses disciples propagèrent sa doctrine et son système qui avaient pour but unique la *constitution des biens*, non comme beaucoup de personnes l'entendent, puisqu'elles la confondent avec la loi agraire.

Le système de la *communauté des biens* s'entend universellement du PARTAGE égal entre les membres de la société, soit du fonds lui-même, soit des fruits du travail de tous.

Les Saint-Simoniens repoussent ce partage égal de la propriété, qui constituerait à leurs yeux une violence, une injustice plus révoltante que le partage inégal qui s'est effectué primitivement par la force des armes et par les conquêtes.

Ils entendent par leur contrat social *que chacun soit placé selon sa capacité, et rétribué selon ses œuvres.*

Mais, en vertu de cette *loi morale*, ils demandent l'abolition de tous les priviléges de la naissance, sans exception, notamment celui de l'*héritage*, de manière qu'il n'y ait plus de légitimité, plus de mariages sérieux, puisque les hommes et les femmes seraient en commun : chose qui, sans doute, serait très-agréable à ces messieurs.

Pour y parvenir, ils entendent que toutes les propriétés soient dans la même main, c'est-à-dire, administrées par une compagnie reconnue solvable, qui aurait des agens et sous-agens qui recevraient et verseraient les revenus dans la caisse commune, et donneraient aux directeurs et administrateurs généraux les renseignemens nécessaires sur la capacité, les dispositions et les besoins des individus que chaque agent pourrait surveiller dans sa section.

D'après ces renseignemens, l'administration générale fournirait les choses nécessaires à tous les citoyens, tant en argent qu'en objets utiles à la profession et à l'état de chacun d'eux, mais de manière à ce que les plus laborieux soient dans l'aisance, sans pouvoir thésauriser, puisque la fortune de tous réside au point central de l'administration, comme la seule source qui fournisse à tous les canaux jusqu'aux plus petits.

Les plus capables, les plus probes, seraient à la tête de ce gouvernement qui, selon les Saint-Simoniens, représenterait un arbre généalogique dont tous les individus dépendraient et recevraient toute leur existence physique et

morale, au moyen de ce que tous les produits, soit d'agri-
culture, soit de toute autre espèce de travaux ou de revenus,
se verseraient dans les coffres du gouvernement.

Un pareil système aurait pu être établi dans les tems d'i-
gnorance et immédiatement après la mort de Jésus-Christ,
où les peuples étaient accoutumés à regarder comme mer-
veilleux et miraculeux tout ce qu'ils ne savaient pas et n'a-
vaient jamais vu. Mais aujourd'hui ce système est un beau
rêve, ou plutôt un rêve creux qui détruirait les liens de la
société et ceux des familles que les hommes regardent comme
sacrés ; il pourrait s'établir dans une petite colonie.

La naissance, il est vrai, est l'effet du hasard ; mais les
dispositions, les inclinations des êtres le sont de même : tel
naît avec le sentiment de son existence, il est bon et généreux ; il aime le travail et se sent plus naturellement porté
à un objet qu'à tout autre ; il est laborieux et obligeant :
mais, quelle sera sa récompense, si le fruit de ses labeurs
ne revient pas à ses enfans ? Est-il juste que le produit de
son travail et de ses peines serve à nourrir et entretenir le
paresseux, l'insouciant ? Non, sans doute. Que deviendront
ceux-ci enfin, s'ils ne veulent ou ne peuvent rien faire,
rien mettre dans le fonds commun ?

Que fera-t-on de ceux qui sont nés vicieux, ou qui sont
devenus fainéans à défaut d'éducation ? Comment réprimera-
t-on les crimes de toute espèce, les fraudes, les délits, le
libertinage, la licence, etc. ? Qui aura caractère pour nommer et établir les juges ? Quelles punitions pourront-ils in-
fliger ? Qui aura le droit de choisir les chefs de l'association ?
Qui aura caractère pour nommer et placer où il sera néces-
saire les ministres de la religion, car il en faut une quel-
conque, en laissant à chacun la liberté d'adorer, de prier
l'Être suprême selon sa manière ? Qui prononcera sur la
conduite et la moralité de tous ?

Qui sanctionnera, cimentera les engagemens que prendront les chefs de l'association, et quelle sera leur responsabilité? Quelle garantie donneront-ils?

Qui aura caractère pour établir des notaires chargés des actes de mariage, de conventions entre les individus de la grande famille? Qui constatera les naissances, les décès, etc.?

Qui pourvoira à l'entretien des villes, des hôpitaux et autres établissemens publics? Qui dirigera, soldera, formera les défenseurs de la patrie? Qui sera chargé de la marine et du commerce?

Qui commandera les armées et les entretiendra de défenseurs? Qui fera les traités entre les puissances étrangères, etc.?

· Mais, disent les Saint-Simoniens, nous voulons une association européenne, où toutes les actions des hommes se rapportent, et une égalité parfaite entr'eux, pour jouir des bienfaits de la nature; nous voulons que tous participent aux avantages qu'elle produit; nous voulons les amener à n'avoir tous que le même but, les mêmes intentions, la même religion, abstraction faite de tous priviléges de naissance, de droits d'hérédité, de parenté, etc., au moyen de quoi plus de dispositions testamentaires, ou autres de quelque nature qu'elles soient.

C'est ainsi, disent-ils, que Dieu a créé les hommes et qu'il les a considérés comme ses propres enfans, égaux en droits, persuadé que tous lui en témoigneraient leur gratitude de la même manière qu'il leur avait réparti ses bienfaits, sans distinction des uns ou des autres.

C'est sur ces bases que les Saint-Simoniens prétendent appuyer et établir leur doctrine, qui n'a pu entrer que dans une imagination ardente telle que celle de Saint-Simon; elle eût pu réussir il y a dix-sept ou dix-huit siècles dans une petite colonie.

Mais aujourd'hui cela est impossible; il faudrait des hommes neufs sortans des mains de la nature; encore est-il douteux qu'une pareille association puisse existor long-temps : un semblable gouvernement est une véritable utopie, ou plutôt n'est-il, dans les circonstances actuelles où la France est en révolution, qu'un moyen caché d'établir la loi agraire, ou une république : c'est ce que le temps apprendra; doit-on désirer un pareil gouvernement? Le mieux dans tous les temps fut l'ennemi du bien.

Il est à croire que les prédicateurs de cette prétendue religion sont autorisés par le gouvernement à prêcher leur bizarre doctrine, car sans cela, ils n'oseraient se donner en spectacle, ainsi que des charlatans qui ne séduisent que les idiots.

Semblables aux missionnaires, il est à craindre que, comme eux, ils ne parviennent à troubler les familles et à se faire coucher sur les testamens de quelques personnes faibles et sans instruction : la plupart de celles qui assistent à leurs séances, comprenant mal ce qu'on y débite, y donnent souvent un sens qui pourrait devenir dangereux s'il se propageait.

Si le gouvernement n'a pas des raisons très-fortes de protéger ces nouveaux apôtres, on doit s'étonner qu'il n'ait pas encore pris des mesures sévères pour anéantir cette secte à sa naissance. On ne peut se dissimuler que ces disciples de Saint-Simon n'ayent un but secret dans les circonstances où la France se trouve aujourd'hui en 1831.

L'AMOUR DE LA PATRIE.

Pour servir sa Patrie il est plus d'un moyen ;
Il suffit de l'aimer, d'être bon citoyen :
Chaque homme dans sa sphère est plus ou moins utile.
Le bon cultivateur rend la terre fertile
Par ses soins assidus , ses pénibles sueurs ;
Nous recueillons les fruits produits par ses labeurs ;
Protégé par le ciel, aidé par la nature ,
Il fournit chaque année à notre nourriture.
L'artisan, quel qu'il soit, pourvoit à nos besoins,
Et, de notre côté, nous payons tous ses soins.
Le médecin nous traite avec ou sans génie,
Nous guérit quelquefois, nous quitte à l'agonie.
L'avocat, bien ou mal, contre un usurpateur,
Des droits qu'on nous conteste, est notre défenseur.
Le juge, code en main , de sa pleine science,
Termine nos débats selon sa conscience ;
S'il se trompe , tant pis, on n'est pas moins jugé :
Le croire homme infaillible est un vain préjugé.
Un administrateur du fisc ou des domaines
Travaille pour l'État qui lui paie ses peines.
Le commerçant soutient, par son activité,
Et par cette vertu qu'on nomme probité,
Les liens d'amitié, la douce confiance
Qui font dans tout pays la gloire et l'assurance.

De son brillant génie on voit l'homme lettré
Répandre, entretenir par tout le feu sacré ;
Par son instruction, ses écrits admirables,
Il se fait un bonheur d'éclairer ses semblables.
Le brave militaire, au milieu des combats,
Pour servir sa patrie, affronte le trépas ;
Il vole à sa défense où l'honneur seul l'appelle :
Un plomb vient-il l'atteindre ? il se meurt, il chancelle,
Il tombe en regrettant de ne pouvoir jouir
Du fruit de la victoire et de si tôt finir.
L'homme riche, aisément, sans de grands sacrifices,
Rend parfois à l'État de signalés services ;
S'il est né bienfaisant, il sait de ses moyens
Soulager les malheurs de ses concitoyens.
L'indigent peut aussi, par un travail facile,
En guerre comme en paix, se rendre fort utile.
Enfin, chacun de nous, dans sa condition,
Peut servir son pays avec affection ;
Il suffit pour cela d'avoir une belle âme,
D'être doué d'un cœur que l'honneur seul enflamme,
D'être né vertueux et porté vers le bien,
D'être sincère et franc, brave et bon citoyen.

QUATRAIN.

L'oisiveté toujours fut la mère du vice ;
Du mortel qui s'y livre elle fait le supplice :
Le travail en tout tems peut seul l'en affranchir,
Il est l'ami de l'homme et sert à l'enrichir.

CHANSON D'ADIEUX.

Air : *Notre meunier chargé d'argent.*

A la ville comme à la cour
   On voit des girouettes ;
En amitié comme en amour
   On craint d'en faire emplettes ;
Les amoureux, les amoureux sont inconstans,
   On s'en est plaint dans tous les tems :
Belles, si vous avez de tendres amourettes,
Vous verrez, malgré vous, maintes girouettes.   *bis.*

Soyez avares de faveurs
   Avec ces girouettes ;
Défiez-vous de leurs douceurs,
   Beaucoup sont indiscrètes.
Amusez-vous, amusez-vous à leurs dépeus,
   Laissez-les tourner à tous vents ;
Riez, si vous voulez, riez de leurs courbettes ;
Voyez-les comme on voit les marionnette.   *bis.*

Pourtant, si vous voulez fixer
   Une de ces follettes,
Il suffira de la placer
   Dans vos grâces secrètes ;

Le tendre Amour, ce dieu malin, vous aidera,
    Et pour vous il en formera :
Mais songez bien qu'il fuit les perfides coquettes
Qui font faire aux amans mille pirouettes.   *bis.*

Si vous voulez faire un bon choix
    Parmi les girouettes,
Sachez en ranger sous vos lois
    Une des plus parfaites.
Votre bonheur, votre bonheur dépend de là ;
    Et si l'Amour dit : la voilà !
Caressez-la si bien qu'elle vous soit fidèle,
Vous serez, vous serez heureux avec elle.   *bis.*

Sans invoquer maître Apollon,
    Ni muse, ni musette,
Nous avons fait cette chanson
    Qui nous sert d'interprète,
Pour dire adieu, prendre congé de nos lecteurs,
    De nos amis, de nos censeurs ;
Nous allons les quitter, sans tambours ni trompettes,
En riant, en riant de nos girouettes.   *bis.*

TABLE.

FIN.

www.ingramcontent.com/pod-product-compliance
Lightning Source LLC
LaVergne TN
LVHW012212170726
843503LV00005B/2021